SOCORRO, CAÍ DENTRO DO VIDEOGAME

A REVOLTA DOS ROBÔS

SOCORRO, CAÍ DENTRO DO VIDEOGAME

A REVOLTA DOS ROBÔS

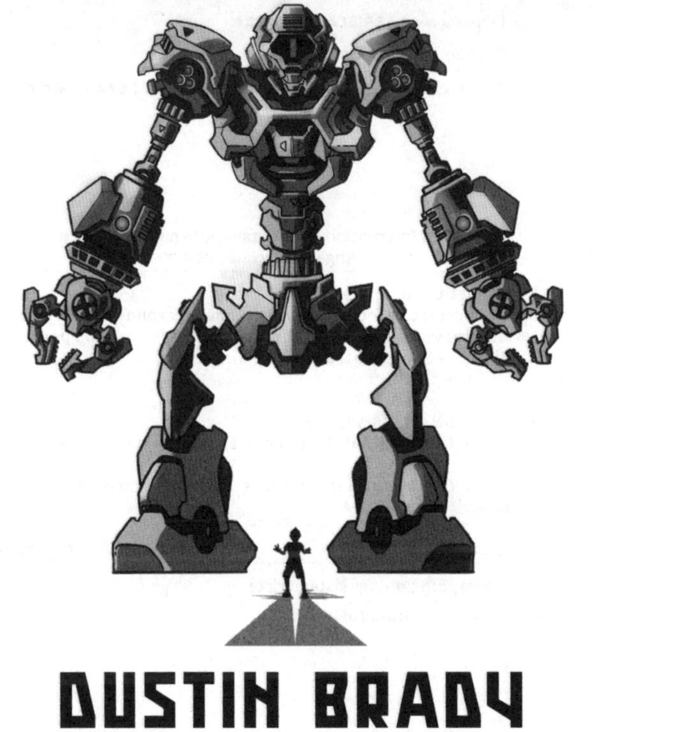

DUSTIN BRADY

ILUSTRAÇÕES DE JESSE BRADY

TRADUÇÃO: ADRIANA KRAINSKI

MILK SHAKESPEARE

Milkshakespeare é um selo da Faro Editorial.

Diretor editorial: **PEDRO ALMEIDA**
Coordenação editorial: **CARLA SACRATO**
Preparação: **GABRIELA DE ÁVILLA**
Revisão: **BÁRBARA PARENTE**
Adaptação de capa e diagramação: **CRISTIANE | SAAVEDRA EDIÇÕES**

Dados Internacionais de Catalogação na Publicação (CIP)
Angélica Ilacqua CRB-8/7057

Brady, Dustin
Socorro, caí dentro do videogame : a revolta dos robôs / Dustin Brady ; traduzido por Adriana Krainski ; ilustrado por Jesse Brady. — São Paulo : Faro Editorial, 2022.
144 p. : il.

ISBN 978-65-5957-127-7
Título original: Trapped in a video game: Robots Revolt

1. Literatura infantojuvenil I. Título II. Krainski, Adriana III. Brady, Jesse

22-0715 CDD 028.5

Índice para catálogo sistemático:
1. Literatura infantojuvenil

FARO EDITORIAL

1ª edição brasileira: 2022
Direitos de edição em língua portuguesa, para o Brasil, adquiridos por FARO EDITORIAL

Avenida Andrômeda, 885 – Sala 310
Alphaville – Barueri – SP – Brasil
CEP: 06473-000
WWW.FAROEDITORIAL.COM.BR

SUMÁRIO

Meu muito obrigado a Jesse Brady pela capa e pelas ilustrações deste livro. Você pode conhecer mais do belo trabalho dele em jessebradyart.com.

PREFÁCIO

Caso você tenha perdido

A série *Socorro, caí dentro do videogame* conta a história de Jesse Rigsby, um garoto da sexta série que — você não vai acreditar — cai dentro de jogos de videogame. A primeira aventura dele acontece dentro de um jogo de ação chamado *Potência Máxima*, lá ele encontra seu amigo Eric Conrad e juntos eles lutam contra louva-a-deus gigantes, monstros de areia nervosos e um alienígena esquisitão conhecido como Hindenburg. Lá pela metade do jogo, eles encontram Mark Whitman, um colega de escola que tinha sumido na vida real há quase um mês. Acontece que ele estava o tempo todo preso dentro do *Potência Máxima*. Para ajudar a dupla a escapar, Mark se sacrifica e fica para trás.

Em *Socorro, caí dentro do videogame: Missão invisível*, Jesse tem a chance de resgatar o Mark. Para isso, ele precisa entrar escondido na empresa de videogames Bionosoft através do *Solte as feras*, um jogo de celular de realidade aumentada. Depois de sobreviver a ataques de um Pé-Grande, de um velociraptor e de algumas centenas de bolinhas de pelo malvadas, Jesse descobre que a Bionosoft está prendendo garotos, como o Mark, nos jogos para testar um tipo de tecnologia assustadora. Com a ajuda de Eric e de um antigo funcionário da Bionosoft, o senhor Gregory, Jesse consegue chegar ao porão da empresa, onde o Mark está sendo mantido dentro de um computador. A boa notícia é que eles conseguem tirar o Mark do jogo. A má notícia é que eles precisam quebrar o sistema para isso, o que acaba trazendo para o mundo real tudo que existe dentro dos computadores da Bionosoft. E lá dentro, além dos garotos, havia armas e milhares e milhares de vilões de jogos de videogame.

Certo, é isso aí. Agora você já sabe o que aconteceu. Boa leitura!

CAPÍTULO 1

Confusão

UIIIIIIIIIIIIIIIIIIIIIIIIIIIIIIIIIIIIIII.

Quanto mais alto o som ficava, mais forte o meu coração batia.

UIIIIIIIIIIIIIIIIIIIIIIIIIIIIIIIIIIIIIII.

Parecia que um vulcão explodiria dentro do meu peito a qualquer momento. Sabe como é? Não é muito agradável.

UIIIIIIIIIIIIIIIIIIIIIIIIIIIIIIIIIIIIIII.

E o barulho nem era o problema. Mas a causa do barulho era: centenas de computadores de quase dois metros de altura, todos dando pau ao mesmo tempo, cuspindo para fora vilões de jogos a um ritmo assustador.

UIIIIIIIIIIIIIIIIIIIIIIIIIIIIIIIIIIIIIII.

Louva-a-deus alienígenas do tamanho de pessoas. Dinossauros. Bolhas de meleca. Um negócio que parecia um dragão robótico que cuspia fogo.

UIIIIIIIIIIIIIIIIIIIIIIIIIIIIIIIIIIIIIII.

Todos eles pareciam um tantinho confusos e bem furiosos por terem sido transportados do conforto dos seus mundos de mentirinha para o porão barulhento de uma empresa malvada de videogames do mundo real. Eu tampei os ouvidos, me apoiei em um computador e gritei para a única pessoa que podia dar um jeito naquilo:

— SENHOR GREGORY! FAÇA ALGUMA COISA!

O senhor Gregory era meio que responsável por aquela confusão, primeiro por ter inventado um jeito de colocar as pessoas dentro daqueles videogames, e depois por ter quebrado a coisa toda para tentar tirar o nosso amigo Mark de um dos jogos. Um braço-canhão bateu no meu peito bem na hora que um louva-a-deus me viu.

— Toma aqui! — o senhor Gregory disse sem tirar o olho do computador. — Para você distraí-los enquanto eu tento cortar a energia!

Antes que eu pudesse lembrar o senhor Gregory que a minha pontaria era péssima, o louva-a-deus guinchou e pulou na minha direção. Eu enfiei meu braço no canhão, me joguei para trás e atirei no ar.

— SQUIIIIIIIIC!

O louva-a-deus desapareceu num clarão de luz. Eu me sentei e olhei em volta: confusão, uma tremenda confusão.

Depois de passado o susto inicial de serem transportados para o mundo real, os personagens dos videogames começaram a fazer o que faziam de melhor: destruir tudo o que viam. À minha direita, um rinoceronte com um chifre-espada comprido não parava de espetar os gabinetes dos computadores. À minha esquerda, duas criaturas gosmentas saídas de algum pântano estavam lutando. E, bem na minha frente, quatro baratas gigantes estavam dando voltas em torno de alguma coisa. O círculo se abriu um pouco e consegui ver o que elas tinham capturado.

— ERIC! — eu gritei.

Meu melhor amigo, Eric Conrad, estava encolhido no chão, distribuindo chutes para todos os lados. Eu levantei e dei cinco tiros, errando todas as vezes.

— Ei! — Atirei de novo e finalmente consegui acertar uma das baratas. Todas viraram juntas. Eu atirei de novo. Acho que fiz uma besteira, porque assim que atirei, elas voaram bem na minha direção.

— AHHHHH! *PÁ PÁ PÁ!* AHHHHHH! *PÁ PÁ PÁ.*

Uma das baratas jogou meu detonador para longe e todas começaram a andar em círculos e zumbir. Eu tentei erguer os braços e gritar, do jeito que se deve fazer ao ver um urso, mas só serviu para elas se aproximarem ainda mais e zumbirem de um jeito ainda mais irritado, porque são baratas, não ursos. Uma delas começou a me apalpar com aquela antena comprida e nojenta. Era o fim: eu seria devorado vivo por uma barata gigante no porão de uma empresa de videogames. Meus pais não entenderiam nada.

ZAP!

A barata que estava me apalpando com a antena desapareceu de repente. As outras olharam para cima. Antes que pudessem se mexer — *ZAP! ZAP! ZAP!* — todas elas desapareceram. O Eric estava parado na minha frente, segurando um negócio que parecia o cetro do Loki — só que supertecnológico. Será que o Loki era um robô?

— Essa coisa acabou de brotar daquele computador ali! — Eric gritou. — Vou levar pra casa!

— Cadê o Mark? — eu perguntei.

— Quê?!

Eu cheguei bem perto do ouvido do Eric.

— CADÊ O MARK?! — O som de *UIIIIIIIII* estava tão alto que era quase impossível ouvir qualquer coisa que não fosse gritada no ouvido.

Eric encolheu os ombros, mas depois arregalou os olhos e apontou para algo atrás de mim.

Lá estava o Mark, debaixo de uma pilha de bolas de pelos do *Solte as feras*. A cada uma que ele espantava, outras duas pulavam em cima dele. Eric apontou o cetro e começou a vaporizar as bolas de pelo uma a uma. Depois de umas quatro ou cinco, Mark conseguiu se safar e sair de lá. Eu e Eric corremos na direção dele.

— Aguenta aí! — eu gritei.

Mark gritou alguma coisa em resposta, mas eu não consegui entender por causa da barulheira. Ele abaixou a cabeça e saiu correndo a toda velocidade por entre os gabinetes dos computadores. Depois de uns vinte segundos correndo, o Eric já tinha ficado para trás, enquanto eu e as bolas de pelo nos aproximávamos do Mark. De repente, Mark lançou uma bolinha de metal por cima do ombro. Eu desacelerei. O que...

BUM!

Todas as bolas de pelo desapareceram em um clarão ofuscante e eu caí de costas no chão com tanta força que fez uma rajada de vento do meu lado. Por um segundo, tudo ficou quieto.

E então começou a soar uma campainha. O Mark correu até mim e começou a falar, mas eu não conseguia ouvir nada com aquele barulho no meu ouvido. Ele então chegou bem pertinho e gritou:

— SUPERGRANADA! FOI MAL!

Eu acenei com a cabeça para mostrar ao Mark que eu estava bem e depois me assustei. Atrás do Mark havia um grupo de dez garotos e garotas que também tinham caído dentro de jogos de videogame. Eles estavam reunidos, formando um semicírculo para assistir a uma batalha entre o Eric e um robô gigante. Eric não parava de tentar vaporizar o robô com o cetro dele, mas o robô só se esquivava. Depois da terceira tentativa frustrada, o robô arrancou o cetro da mão do Eric e o ergueu do chão.

— NÃO! — Eu corri para ajudar o meu amigo. Antes de conseguir recuperar o cetro, o robô também me pegou. Ele ergueu nós dois até a altura do seu rosto, ficou olhando para nós por um segundo e então ergueu o capacete, revelando que estava sendo controlado por uma garota com um rabo de cavalo loiro.

— DÁ PRA PARAR DE TENTAR ME MATAR? — ela gritou com um sotaque gringo. Eu e Eric ficamos olhando de queixo caído. Ela viu que nós estávamos assustados, então tentou uma nova aproximação.

— Meu nome é Sam — ela disse.

— Eu sou o Eric.

— E eu sou o Jesse.

— Agora dá pra parar de tentar me matar, por favor?

Eric fez um joinha e ela nos soltou. Assim que tocamos o chão, o Mark fez um movimento pra gente ir ajudar um grupo de garotos que foram encurralados por um bando de Starmanders. O Eric pegou o cetro e correu até lá.

— Ei! — eu falei, antes da Sam abaixar o capacete. — Você consegue nos ajudar a encontrar um caminho até a saída?

A Sam deu um sorrisão, animada com a nova tarefa.

— Sem problemas!

POU!

Antes da Sam conseguir abaixar o capacete, um monstro de areia do tamanho de uma casa apareceu bem atrás dela e deu um soco violento no robô que ela controlava. Ela saiu voando e foi parar do outro lado da sala.

— RUÁÁÁÁÁÁÁÁÁÁÁÁÁÁÁ!

O monstro de areia bateu no peito feito o King Kong e começou a andar na direção da briga dos Starmanders. Em pânico, procurei à minha volta alguma coisa que pudesse usar para impedi-lo.

Ao lado do gabinete de um computador ali perto havia outro braço-canhão do *Potência Máxima*. Eu dei um giro, prendi o canhão no meu braço esquerdo e comecei a carregar.

— Vamos, vamos, vamos — eu disse. Eu ouvi os passos pesados do monstro de areia e espiei por detrás de um gabinete bem na hora que ele segurou um menininho. Olhei para o meu braço e vi que uma luz branca estava piscando no canhão, o que significava que já tinha atingido a potência máxima. Sem pensar duas vezes, eu saí rolando de trás do computador e disparei, fazendo um buraco que atravessou o peito do monstro de areia.

O monstro olhou para baixo e viu o buraco, depois olhou para o menino que estava na mão dele e então olhou para mim. Ele rosnou e se contorceu. O buraco começou a fechar. O monstro continuava rosnando e se contorcendo, até se curar por completo. Aí ele deixou o garoto de lado e começou a correr na minha direção.

CAPÍTULO 2

Garota-robô

PÁ!

Antes do monstro de areia me alcançar, o robô da Sam colocou ele para dormir com aquele seu punho imenso.

Sam abriu o capacete.

— Sai daí!

Eu me arrastei para longe enquanto o monstro de areia tentava voltar, mais bravo do que nunca. Ele se preparou e deu no robô um murro que poderia ter derrubado um prédio. A Sam conseguiu desviar do soco e revidou com um golpe na barriga do monstro. A pancada fez o monstro tropeçar para trás, que caiu com o punho do robô ainda dentro do monte de areia. A Sam tentou puxar o punho, mas acabou derrubando o monstro de areia em cima dela. Enquanto os dois se engalfinhavam no chão, eu corri até o senhor Gregory, que continuava suando e digitando alguma coisa no notebook.

— Senhor Gregory, o que a gente pode fazer para ajudar ela?

Ele balançou a cabeça.

— Pelo menos ela tem uma armadura robótica para protegê-la. Olha aqui. — Ele apontou para a tela. Centenas, talvez milhares de pontinhos vermelhos cercando os aglomerados de pontinhos verdes. — Estes pontinhos verdes são crianças sem nenhuma proteção. Eu preciso que você e o Eric as mantenham a salvo enquanto eu tento desligar a energia e abrir a porta. Use qualquer coisa que estiver pelo caminho.

Eu concordei, explodi uma barata que estava rastejando à minha esquerda e pulei em um negócio parecido com uma prancha flutuante que tinha saído de um computador.

— Olha só... CARACA!

A prancha disparou sozinha. A única vez que eu subi numa prancha foi dois anos atrás, quando o primo do Eric trouxe uma de *snowboarding* para o morrinho de onde descíamos de trenó.

— Suba, é fácil — disse o Evan.

Para a minha surpresa, descobri que descer o morrinho com uma prancha de *snowboarding* era fácil. A parte difícil era fazer a prancha parar. Quando atingi mais ou menos a velocidade de um trem bala, entrei em pânico, tombei e bati de cara na parede. Desde então, eu nunca mais subi em uma prancha de *snowboarding*.

Quanto mais velocidade eu pegava, mais eu balangava.

— ERIC! — eu gritei ao passar por ele. — SOCORRO!

— Caraca! — o Eric disse. — Onde você conseguiu isso?

— ME AJUDA, SENÃO EU VOU ME ESTABACAR! — Eu girei de novo, fazendo o possível para desviar dos vilões e dos computadores.

O Eric jogou alguma coisa para mim.

— Usa isso daqui!

Uma mochila a jato. Excelente, em vez de um torpedo descontrolado, eu iria virar um torpedo descontrolado *voador*. Eu afivelei a mochila a jato em mim e levantei voo. Pairando acima do labirinto de computadores, vi que os vilões tinham começado a formar gangues com outras criaturas que eles conheciam. À minha direita estavam os aliens do *Potência Máxima*. As criaturas do *Solte as feras* tinham se reunido à esquerda. E à frente estavam os robôs, os carros de corrida e os fantasmas. E mais pra frente, ainda trocando socos, estavam a Sam e o monstro de areia.

— Sam! — eu gritei, olhando na direção da briga. Naquele momento, o robô da Sam estava com umas peças penduradas e andava cambaleando. Eu apertei os olhos e vi o monstro de areia erguer os dois braços para dar o golpe final.

— EI! — eu gritei, voando por baixo do sovaco do monstro. Ele rugiu e virou na minha direção. Eu fiquei voando em círculos em volta dele, enquanto ele tentava me golpear. Girando em volta do monstro, ouvi um estalo e senti um cheiro de queimado. Olhei para baixo e vi que eu estava voando tão perto que acabei torrando o monstro com a chama da mochila a jato. A areia do peito dele começou a ficar preta e ele passou a se mexer com dificuldade. E quando eu comecei a me sentir o cara...

CREC!

Dei de encontro a uma das mãos do monstro de areia, que a fechou em volta de mim e me levou até a boca dele. Eu me debati e gritei até que...

PÁ!

O robô da Sam deu um soco no peito do monstro, que já estava frágil por ter sido assado pela mochila a jato, o que bastou para ele se desintegrar. O monstro caiu de costas e me derrubou em um monte de areia.

— Valeu! — disse a Sam.

— Valeu digo eu!

Foi aí que ouvimos um coro de gritos à nossa esquerda.

— Deixa comigo — a Sam disse.

Mas aí outra voz chamou pela direita.

— SOCORRO!

— Deixa comigo — eu disse.

Sam concordou, me agarrou com a mão robótica e me jogou na direção de onde vinha o grito. Eu voei para o outro lado do campo de batalha, até identificar de onde vinha aquele pedido de socorro: um garoto cercado por um exército de formiguinhas robôs. Eu desliguei a mochila a jato e deslizei na direção do garoto com a minha prancha.

— Sobe aí! — eu gritei.

Ele se segurou em mim e deu um pulo para subir na prancha, bem na hora que as formigas robôs começaram a subir pela perna dele.

— Obrigado! — ele disse, enxotando as pestinhas.

Eu quis dizer para ele não agradecer tão cedo, porque talvez ele estivesse mais seguro com as formigas do que com o piloto de prancha mais destrambelhado do mundo, mas achei melhor deixar pra lá. Precisei de toda a minha concentração para ficar firme, procurando um lugar para estacionar, e por isso não vi o disparo que passou de raspão no meu rosto.

— OPA! — *ZAZ!* Outro disparo passou pela minha esquerda. Olhei para cima e vi que eu estava na mira de uma torre de tiro robótica. Eu recuei e caí bem no meio do corredor, em cima do garoto que eu tinha salvado.

RÁ-TÁ-TÁ-TÁ.

A torre continuou disparando, mas ainda estávamos protegidos pela prancha que estava presa no meu pé. Como eu tinha caído de costas, a prancha ficou parada no ar como um escudo. Quando o RÁ-TÁ-TÁ-TÁ deu uma trégua, eu me inclinei para a esquerda e disparei com o meu braço-canhão. Errei a mira. *RÁ-TÁ-TÁ-TÁ*. Trégua. Outro disparo. Outro tiro perdido. Foi então que a prancha desapareceu e apareceu de novo.

Oh-ou.

Com base nas minhas experiências anteriores com mochilas a jato, eu sabia que a prancha piscaria mais algumas vezes antes de desaparecer de vez.

RÁ-TÁ-TÁ-TÁ.

Aquele provavelmente seria meu último tiro. Eu recarreguei o braço-canhão, contando os segundos para esperar a prancha piscar de novo. Quando cheguei ao três, eu disparei à frente. Assim que o tiro saiu do meu disparador, a prancha desapareceu, fazendo o tiro ir em linha reta bem na direção da torre. O disparo acertou o alvo e a torre falhou, estralou e apagou de vez.

— Que maneiro! — o garoto disse, erguendo a mão como quem diz "Toca aqui!". Eu não tive tempo para bater na mão dele, porque logo ouvi outra voz.

— SOCORRO!

Eu conhecia aquela voz.

— JESSE! MARK! MENINA-ROBÔ! ALGUÉM ME AJUDA!

Era o Eric.

Eu levantei voo com a mochila a jato e disparei na direção da voz.

— Tô chegando, Eric!

Segundos depois que eu estava no ar, a mochila a jato começou a piscar. Não, não, não, não.

— Eric! Cadê você?

— AQUI!

Ele parecia estar perto. Vamos lá, só mais uns segundinhos... Pisca, pisca, pisca. Já era. A mochila a jato desapareceu de vez e eu despenquei no chão.

— Eric! — eu gritei. — Aguent...

Naquela hora, algo bateu nas minhas costas, me derrubando no chão com um estrondo. Eu me virei gemendo de dor e vi os olhos vermelhos e brilhantes de um robô me encarando. E, em seguida, mais um par de olhos apareceu. E mais um. Um drone assustador com uma garra no lugar de uma mão e uma broca no lugar da outra começou a descer na direção da minha cabeça.

E aí as luzes apagaram.

MUNDO SUPER BOT 3

CARREGANDO

CAPÍTULO 3

Homens de terno

Escuridão total. Olhos vermelhos para lá e para cá. Milhares de alienígenas malvados guinchando, rosnando e fazendo barulhos esquisitos. Robôs. Se você já ouviu falar de uma situação mais assustadora, por favor, me conte.

Uma luz de emergência piscou, iluminando a imagem estática de robôs altos e magricelas me agarrando pelos braços e pelas pernas e de um drone apitando cada vez mais perto do meu rosto. Eu comecei a chutar o ar. A luz piscou de novo. O drone agora tinha uma serra circular saindo da barriga. Eu gritei. A luz piscou de novo. Dessa vez, o drone e sua serra estavam a poucos centímetros do meu nariz. Eu fechei bem os olhos e ouvi um *BIZZZZZZZZZT!*

— MEU NARIZ NÃO!

BIZZZZZT.

Não era o meu nariz, mas o meu braço esquerdo, que se livrou das garras de um dos robôs. Eu arrisquei abrir os olhos e a luz de emergência piscou mais uma vez. Agora, o drone que antes estava atrás de mim parecia estar indo atrás do robô que estava agarrado no meu pé direito. Pouco depois, meu pé direito caiu no chão. O que estava acontecendo? A luz de emergência piscou de novo e eu vi que o drone estava atrás do terceiro robô. Ouvi uns bipes assustadores e então os outros dois robôs soltaram. A luz de emergência piscou mais uma vez e vi os quatro robôs fugindo. Sentei no chão por uns segundos para tomar fôlego e percebi que, pela primeira vez desde que aquilo tudo tinha começado, o barulho insuportável dos computadores tinha sumido.

— ATENÇÃO! — o senhor Gregory gritou no escuro. — A ENERGIA FOI DESLIGADA, VOCÊS JÁ PODEM IR EMBORA SE DIRIGINDO PARA A SAÍDA. PROTEJAM-SE, VÃO DEVAGAR E FIQUEM JUNTOS.

Eu vi a placa de saída a distância. A luz de emergência piscou, mostrando um caminho livre que atravessava a sala. Respirei fundo e fui em frente. Então a luz de emergência piscou de novo, revelando um robô alto e magricela que tinha acabado de sair de trás de um dos gabinetes dos computadores. Eu parei e esperei. Outro clarão. Aquela coisa parecia estar se mexendo.

— Eric? — eu gritei. — ERIC? — Nada.

Mais um clarão. Os robôs tinham sumido. Corri até onde eles estavam e esperei até a luz de emergência piscar de novo. Mas quando piscou, não havia nada. Olhei para outra estação de computadores. Clarão. Nada.

— ERIC! — eu gritei de novo. Nenhuma resposta.

Talvez eu estivesse vendo coisas. Talvez o Eric já tivesse saído da sala. Eu fui cambaleando até a placa de saída vermelha e brilhante, prestando atenção para ver se não apareciam robôs, baratas ou...

— SQUIIIIIIIIIIIIIC!

A luz de emergência acendeu e mostrou um louva-a-deus que tinha pulado bem na minha frente. Ele se ergueu nas patas traseiras e guinchou para mim. As luzes apagaram e eu ouvi um *DUUUUUUF!* Bem alto. Quando a luz piscou de volta, vi quem tinha me salvado: um robô gigante com uma garota dentro.

— Corra! — a Sam gritou. — Eu te dou cobertura.

Continuei correndo até a saída e encontrei dezenas de outros garotos indo na mesma direção. Conseguimos atravessar a porta com segurança graças à Sam e a vários outros garotos que tinham vestido as armaduras de robôs para conter o bando de inimigos. Quando finalmente consegui sair da sala, encontrei o Mark.

— Que bom que você está bem! — eu disse. — Você viu o Eric?

— Ainda não. — Ele olhou para mim franzindo a testa. — Que lugar é esse mesmo?

— Bionosoft — eu disse. — É a empresa que prendeu vocês dentro dos jogos.

— Eles nos prenderam? Quer dizer que eles fizeram isso de propósito?

— Isso mesmo — eu disse. — É uma longa história. A Bionosoft não queria que ninguém soubesse, e foi por isso que tivemos que entrar escondidos, sem que nenhum segurança nos visse...

A minha voz falhou quando olhei para o outro lado do corredor. Os seguranças da Bionosoft de que eu me lembrava tinham sido trocados por uns sujeitos sérios usando ternos. Aqueles caras pareciam ter acabado de sair de um teste para agente secreto. Eles estavam usando até aqueles fones de ouvido com cabo em espiral e tudo o mais. Todos os caras de ternos estavam ocupados colocando as crianças numa fila enorme.

— Com licença. — Eu cutuquei as costas de um deles. — Você viu um garoto chamado Eric Conrad? Ele é mais ou menos desse tamanho, muito empolgado. Ele está usando uma camiseta vermelha...

— Desculpe, mas você precisa entrar na fila com os outros.

Eu suspirei e olhei para o final da fila. Havia UM MONTE de meninos e meninas. Naquela hora, a Sam e o senhor Gregory saíram da sala. Um dos caras de terno conversou rapidinho com o senhor Gregory, acenou com a cabeça e fez deslizar um cartão de acesso para fechar a porta.

— Senhor Gregory! — eu gritei.

Ele veio para cima de mim com um sorriso no rosto.

— Boas notícias! — ele disse. — Todo mundo conseguiu sair! É um milagre!

Senti um grande alívio.

— Que ótimo! Eu estava bem preocupado com o Eric.

O senhor Gregory parou e contorceu o rosto.

— Pensando bem, não me lembro de ter visto o Eric.

— Mas você acabou de dizer...

— Todo mundo que estava dentro dos computadores escapou. Mas eu não consegui acompanhar você e o Eric, porque vocês não estavam nos computadores.

Eu fiquei apavorado de novo.

— Então o Eric ainda pode estar trancado aí dentro?

O senhor Gregory colocou a mão no meu ombro.

— Está tudo bem, Jesse. Tem um monte de crianças aqui. Tenho certeza de que o Eric está no meio da galera. Por que não tentamos encontrá-lo...

— Com licença. — Um dos caras de terno apareceu atrás do senhor Gregory. — O senhor é o doutor Alistair Gregory?

— Sou eu mesmo.

— Você precisa me acompanhar.

— Certo, assim que...

— Agora. É uma questão de segurança nacional.

— Você pode mandar alguém ajudar este garoto a encontrar o amigo dele?

— É claro.

Dois caras de terno acompanharam o senhor Gregory até o elevador. Eles não mandaram ninguém para me ajudar.

Então eu teria que encontrar o Eric sozinho. Beleza. Eu saí da fila.

— Eric! — eu gritei. — ERIC!

O Mark começou a me ajudar:

— ERIC!

Corríamos para lá e para cá, gritando o nome do Eric. Passamos por todo o corredor sem ver ninguém nem sequer parecido com o Eric. Antes que eu pudesse chegar ao elevador para procurar, um dos caras de terno estendeu a mão.

— Você precisa voltar para a fila — ele disse.

— Meu amigo sumiu! — eu disse. — Ele ainda está lá dentro! Precisamos buscá-lo!

— Já contamos todo mundo. Volte para a fila — o homem disse.

— Você não está entendendo — eu respondi. — Ele não estava no sistema.

— Não, é VOCÊ que não está entendendo — o engomadinho respondeu. — Se você não obedecer, será preso por traição contra o seu país.

Traição contra o meu país? O que significava aquilo?

— Mas...

O homem estava com um fone colado na boca e com as sobrancelhas arqueadas, para que eu nem me mexesse. O Mark me pegou pelo braço.

— Vamos — ele disse. — Talvez a gente só não tenha visto ele ainda.

— Não é que a gente não tenha visto o Eric — eu falei baixinho enquanto caminhávamos para o final da fila. — Ele está lá dentro. Eu vi.

— Você viu?!

Eu fiz que sim.

— Quer dizer, tenho quase certeza de que era ele. — Eu fechei meus olhos por um instante enquanto andava para tentar repassar a cena na minha cabeça e na mesma hora bati de testa em alguém.

— Foi mal — eu disse.

Eu olhei para cima e vi a Sam esfregando a mão na cabeça.

— Tá tudo bem — ela disse. — Você está bem?

— O nosso amigo ainda está lá dentro — eu disse.

A Sam arregalou os olhos.

— Mas eles falaram que tinham tirado todo mundo. Se eu soubesse...

— Eu preciso voltar lá pra dentro! — eu disse.

— Mas como? — o Mark perguntou. — Só tem um cara que tem o cartão de acesso e ele com certeza não vai deixar ninguém voltar.

Sam sorriu e falou baixinho.

— Acho que eu sei um jeito — ela disse, tirando na mesma hora uma supergranada do bolso.

CAPÍTULO 4

Fase 1

Eu e o Mark ficamos loucos quando vimos a granada.

— Relaxa — a Sam disse. Ela então sussurrou seu plano. Eu tinha que admitir: era um bom plano.

— Mas se você me ajudar a entrar lá, eles podem prender você por traição a esse país — eu disse.

— O que eles podem fazer comigo? Eu sou estrangeira.

— Bom, provavelmente vão deportar você para a Inglaterra e colocar você na cadeia e...

Ela me olhou com desprezo.

— Eu não sou da Inglaterra, seu cabeça oca. Eu sou australiana.

— Ah, certo — eu disse, ficando vermelho de vergonha. — Claro, é que...

Ela balançou a cabeça e se afastou.

— Espera, ela não vai fazer isso, vai? — eu me virei para perguntar para o Mark.

Sam abriu uma das portas do corredor, olhou para dentro e passou para a próxima.

— Acho que ela já está fazendo — Mark disse.

Eu dei um minichilique.

— Eu ainda não estou pronto!

Sam abriu outra porta e olhou ao redor.

— Se ela vai, eu também vou — Mark disse.

— Você não! — eu gritei sussurrando. — Você está desaparecido há meses! Você precisa ir para sua casa!

Depois de conferir a sala, Sam acenou, tirou a bola do bolso, apertou um botão e a jogou para dentro. Ela veio devagar em nossa direção, sorrindo e contando com os dedos. Três dedos. Dois dedos. Um dedo. Ela apontou para a sala.

BUM!

A explosão soltou a porta das dobradiças e o prédio todo tremeu. Todos os caras de terno sacaram suas armas e correram na direção da sala. Quando o cara que tinha o cartão de acesso passou correndo por nós, a Sam, como quem não quer nada, esticou o braço e arrancou o cartão do cinto dele.

— Moleza — ela disse.

Enquanto íamos para a sala dos computadores, tentei convencer Sam e Mark a não irem comigo.

— É perigoso! — eu falei baixinho para a Sam.

— Eu sei! — ela ergueu as sobrancelhas. — Não é emocionante?

Eu olhei para o Mark.

— Você não pode vir. Eu... eu te proíbo!

— Você me proíbe? — Mark perguntou sorrindo.

— Isso mesmo. Eu proíbo.

A Sam e o Mark começaram a rir enquanto a Sam deslizava o cartão de acesso. Tentei segurá-los, mas os dois se empurraram para dentro da sala e a porta se fechou atrás de nós. Dentro da sala, a risadinha acabou. No escuro, completamente cercados pelos guinchos, uivos e grunhidos, o perigo agora parecia real. Na primeira vez que a luz de emergência piscou, eu tomei fôlego. Sem ninguém para contê-los, os personagens dos jogos tinham detonado o lugar. O robô da Sam estava despedaçado no chão bem na nossa frente. Atrás dele, gabinetes de computadores quebrados estavam espalhados pelo chão. Muitos deles tinham sido arrastados para uma pilha, formando uma montanha impressionante. A maioria das criaturas que ainda estava na sala brigava em cima da montanha, tentando vencer um tipo de jogo bizarro para ver quem era o rei do pedaço. Nenhum deles parecia interessado na gente.

A Sam pegou um detonador do chão e devagar fomos nos afastando da porta, andando colados na parede atrás de nós. Depois de uns poucos passos, a luz de emergência piscou de novo e nós todos gritamos. Uma coisinha apareceu zumbindo bem na nossa frente. A Sam começou a disparar feito uma doida.

— Chega! — eu gritei. Ela disparou mais um pouco. — CHEGA! Eu conheço essa coisa! — Era o *drone* que eu tinha visto antes.

— Eu também conheço — ela disse. — É do jogo que eu estava jogando! — Ela continuou disparando.

— Não acho que ele seja do mal. Ele me ajudou naquela hora — eu disse.

— É, eu sei — ela disse, ainda procurando o *drone*. — Esse é o papel dele.

— Então por que você está atirando nele?

— Porque ele é a coisa mais irritante do mundo, só por isso!

Ela viu algo se mexer.

PÁ-PÁ!

— Ele fica seguindo a gente para cima e para baixo, fazendo esse barulho, assoviando músicas e se enfiando no caminho.

PÁ-PÁ-PÁ!

— Eu passei a semana toda tentando explodir esse negócio, se eu tiver que aguentá-lo na vida real, eu vou ficar louca.

PÁ-PÁ!

— Ei! — eu disse, tentando abaixar o detonador dela. — Vamos precisar de ajuda se quisermos achar o Eric, certo? Por que não vemos se ele não pode nos ajudar?

Silêncio. Quando a luz de emergência piscou de novo, vi a Sam olhando com uma cara muito brava para mim, talvez querendo mirar o detonador na minha cabeça.

— Isso aí — eu disse. Então, eu chamei o *drone*. — Oi, amiguinho, nós não vamos machucar você. Você pode aparecer? — Nada. — Amiguinho? Vem cá. Tá tudo bem, cara. — Silêncio.

Por fim, a Sam resmungou:

— O nome dele é R.O.G.E.R.

— Roger?

— Robô Orientador e Guia de Experiências Remotas — ela resmungou.

— Roger? Você pode nos ajudar?

Uma luz piscou atrás da Sam e ele apareceu devagar por trás do ombro dela. O *drone* estava olhando para mim com seus olhos de câmera.

— É isso aí, amiguinho. Não vamos machucar você.

O *drone* deu um assovio desconfiado e se ergueu um pouquinho mais. Mas quando ele chegou numa altura que lhe permitiu ver o detonador na mão da Sam, ele fez um barulho parecido com um grito e voltou a se esconder atrás dela.

— Tá tudo bem — eu disse, tirando o detonador com calma das mãos da Sam e colocando no chão. — Tá vendo? Somos amigos.

Roger espiou de novo.

Bipiri bip

— É, tá tudo bem — eu disse.

O *drone* saiu voando do esconderijo e foi se empoleirar todo faceiro no ombro do Mark. O Mark riu. Sam revirou os olhos.

— Isso mesmo! — eu disse. — Estamos procurando o nosso amigo Eric. Você viu ele? Ele é mais ou menos dessa altura, está usando uma camiseta vermelha e corre todo desengonçado.

O *drone* ficou me encarando sem se mexer.

— Ele entende a nossa língua? — eu perguntei para a Sam.

Ela deu de ombros.

— Com certeza ele não entende nada. Vaza daqui!

Eu olhei em volta para procurar alguma coisa que pudesse me ajudar a falar com o *drone*. Foi quando eu tomei um susto ao ver o cetro do Eric jogado no chão.

— Isso aqui — eu disse, erguendo o cetro. — Você viu o garoto que é dono disso aqui?

Roger ficou olhando para o cetro por alguns segundos e então deu um assovio comprido mostrando aprovação.

Bip-bop!

Ele atravessou a sala voando, iluminando o caminho com uma lanterna e assoviando uma melodia animada. Ele virou para trás e fez um joinha. Sam balançou a cabeça.

— Isso é uma péssima ideia — ela disse.

Roger nos conduziu pelos cantos, tomando cuidado para ficar longe da confusão que acontecia no meio da sala. Caminhamos um bom tempo até a placa de saída virar um pontinho lá longe e o barulho da disputa pelo trono do rei do pedaço quase sumir. As luzes de emergência continuavam piscando, iluminando fileiras e mais fileiras de gabinetes pretos de computadores, dando a impressão de que estávamos caminhando entre túmulos.

— Vou repetir, tô sentindo que isso é uma péssima ideia — Sam disse.

— É, como é que a gente vai voltar? Eu não quero...

A voz do Mark falhou. Roger parou. Estávamos todos reunidos em volta do Roger, que apontava a lanterna para aquilo de tínhamos ido buscar.

— O que é isso? — eu perguntei.

— Parece um buraco — o Mark disse.

— É. Um buracão. Mas o que é isso?

Sem hesitar, Sam subiu no buraco e virou para nós.

— Fase 1 — ela disse. — Vocês vêm ou não?

CAPÍTULO 5

Mundo SuperBot

— Como assim Fase 1? — eu gritei para a Sam.

— Venha aqui que eu mostro pra você.

O Mark já estava rastejando pela borda do buraco, então fui atrás dele. O buraco dava para um túnel levemente inclinado, com uma descida bem tranquila. Roger iluminou o caminho, nos levando cada vez mais para dentro do túnel.

— Fiquem perto — disse a Sam.

Foi então que alguma coisa começou a roncar atrás de nós. Eu e o Mark fomos até a Sam e o ronco foi ficando cada vez mais alto. De repente...

CREC!

O túnel desmoronou bem atrás de nós.

— O que foi isso? — eu gritei.

— Fiquem aqui — a Sam disse.

Eu e o Mark obedecemos na hora.

Três robozinhos estalando as garras surgiram da areia do desmoronamento e começaram a vir na nossa direção. Sam partiu para cima deles.

— Sam! Não! — eu chamei.

Pouco antes de um dos robôs agarrá-la, ela pulou bem na cabeça dele.

PÓIM!

Sumiu. Ela usou o impulso daquele salto para pular no outro robô — *PÓIM!* — e depois no outro. *PÓIM!* O Roger fez um assovio de vitória e a Sam voltou para onde nós estávamos.

— Me poupe — ela resmungou para o Roger, enquanto continuava descendo o túnel.

Eu e o Mark ficamos olhando para ela sem palavras.

— Será que você já pode nos dizer o que tá acontecendo? — perguntei.

— *Mundo SuperBot 3* — ela disse.

Eu olhei para o Mark. Ele encolheu os ombros.

— Ahm, e o que é *Mundo SuperBot 3*? — eu perguntei.

— Robôs, túnel, desmoronamento. Esse urubu. — Sam apontou para o Roger. — Tudo isso vem do *Mundo SuperBot 3*. Você já jogou *Mundo SuperBot 3*, não jogou?

— Nunca joguei *Mundo Sobre Botas* — Mark disse.

— *Mundo sobre botas*? — A Sam fez uma careta para ele.

— Ah, péra, você disse "bot"? Tipo bot de robô? — eu perguntei.

A Sam olhou para nós, para ver se estávamos brincando.

— É — ela disse. — *Mundo SuperBot* — ela fez questão de pronunciar bem direitinho. — É só o jogo mais jogado do mundo.

— Nunca ouvi falar — Mark disse.

— Bom, pelo menos é o jogo mais jogado na Austrália. Fazia uma semana que eu estava presa dentro desse jogo.

Sam parou diante de um cubo de metal no chão e apertou o botão vermelho brilhante que ficava em cima do cubo. O botão começou a se transformar de dentro para fora e se prender na mão dela, fazendo com que ela ficasse com um punho de metal gigante.

— Então você quer dizer que quando esses robôs saíram do jogo, eles começaram a construir tudo de novo no mundo real? — eu perguntei.

— Parece que sim. Isso aqui é uma cópia idêntica da primeira fase do jogo.

— Mas por quê?

Sam ergueu o dedo, pedindo para a gente esperar, e o chão começou a fazer um barulho. Um segundo depois, um robô enlouquecido com engrenagens no lugar dos olhos pulou para fora da areia bem na nossa frente. A Sam acertou o robô na cabeça como se fosse um martelo maluco.

— Eles são *bots*. — Ela continuou andando como se nada tivesse acontecido. — Um tipo de robô que faz exatamente o que é programado para fazer. Se eles foram programados para construir fases complicadas e raptar a princesa, é isso que vão fazer, não importa o que aconteça.

— Pera aí — eu disse —, o que você quer dizer...

A Sam desviou de mim e socou um robô que tinha acabado de sair da parede do meu lado esquerdo.

— ... o que você quer dizer com "raptar a princesa"?

— Não sei, é a história boba do jogo. O pior robô de todos captura a princesa-robô e leva ela para longe porque o coração dela é feito de ouro ou uma bobagem assim. É como no *Mario*. — Ela olhou torto para nós. — Vocês têm *Mario* aqui nesse país, não tem?

Eu olhei para o cetro na minha mão. Observando bem, parecia mesmo uma coisa que poderia ser de uma princesa-robô.

— Então, se eles viram o Eric com o cetro...

— É, provavelmente eles pensaram que ele era a princesa — Sam disse.

Eu deixei o cetro cair e entrei em pânico.

— Mas o que vão fazer com ele? Aonde vão levar o Eric? Vão tentar arrancar o coração de ouro dele?!

— Relaxa — Sam disse. — Eles ainda estão construindo essa fase, lembra? A gente com certeza chega antes deles.

— A gente não vai chegar a lugar nenhum andando desse jeito — eu disse, já começando a correr. — Vamos logo!

Eu corri por uns 20 metros antes de perceber que ninguém estava vindo atrás de mim. Virei para trás e vi o Roger piscando a luzinha dele numa parte da parede do túnel, enquanto a Sam olhava.

— O que você está fazendo? — gritei, olhando para trás.

Sam acertou o Roger na cabeça e ele levou a luz para perto dela. Ela deu umas batidinhas na areia, preparou o punho de metal e deu um soco que atravessou a parede.

— Você vem ou não? — ela me chamou.

Eu voltei correndo até onde ela e o Mark estavam.

— O que é isso?

Ela passou por um buraco que dava num lugar escuro. De repente, várias luzes começaram a piscar na nossa frente, mostrando os trilhos de um carrinho minerador que atravessava um poço sem fundo.

— É um atalho — ela respondeu.

CAPÍTULO 6

Loucura do carrinho

O Mark e Sam foram logo subindo no carrinho minerador.

— Espera! Acho que não cabem três pessoas aí — eu disse.

A Sam colocou a mãozona gigante de metal para fora do carrinho, abrindo espaço para Mark se espremer atrás dela.

— Olha, tem bastante espaço! — ela disse.

O Mark se encolheu o máximo que pôde, abrindo espaço para quem sabe um bebê caber atrás dele.

— Não é por nada, mas se alguém cair ou se essa coisa virar, não vamos reaparecer feito mágica no começo da fase — eu disse. — A gente morre. Morre de verdade. Morre na vida real. Não seria mais seguro pegar o caminho mais longo para atravessar a fase?

— A minha perna está dormente — Sam disse. — Você vem ou não?

— Mas...

— Quanto mais você ficar aí enrolando, mais tempo os robôs vão ter para construir as máquinas assassinas. Entra logo na porcaria do carrinho!

Eu suspirei e me espremi atrás do Mark. Não tinha muito espaço para sentar lá dentro, então eu tive que enfiar meu pé por baixo do Mark e sentar na proteção traseira do carrinho. O Roger pousou em cima da minha cabeça.

— Isso vai ser um barato! — Sam soltou o freio. — É tipo uma montanha-russa!

Ela estava errada. Não era tipo uma montanha-russa, porque montanhas-russas não obrigam você a se segurar para não cair num poço sem fundo cada vez que você passa por uma subida.

— Vai devagar! — eu gritei na primeira vez que quase fui cuspido para fora do carrinho.

— Não dá — Sam disse.

— POR QUE NÃO?!

— Só por isso. — Sam apontou para a frente, onde estava faltando um pedaço do trilho.

Outra coisa legal das montanhas-russas: geralmente o trilho está inteirinho.

— AHHHHHHHH! — eu gritei ao nos aproximarmos do poço enorme. No último segundo, Sam bateu em um botão na frente do carrinho, fazendo surgir um minifoguete no carrinho minerador, que nos lançou por cima do buraco nos trilhos. Nós aterrissamos bem na pontinha da próxima faixa de trilhos.

— U-HUUUUL! — Mark gritou. — Isso foi demais!

Pela primeira vez, a Sam não se empolgou também. Ela se virou e vi pela primeira vez o seu olhar preocupado.

— O impulsionador normalmente manda a gente bem mais longe — ela disse. — Talvez o carrinho esteja muito pesado.

— Isso vai ser um problema? — eu perguntei.

Em vez de responder, a Sam voltou a olhar para a frente a tempo de apertar o impulsionador para o próximo pedaço de trilho faltando. Dessa vez, não havia nenhum trilho à vista, apenas um robô-helicóptero sobrevoando o nosso caminho.

— Todo mundo para trás! — Sam instruiu. Nós todos nos inclinamos para trás, erguendo a frente do nosso carrinho minerador o suficiente para alcançar o inimigo. Aquilo nos deu o impulso de que precisávamos para chegar à outra faixa de trilhos.

Esses trilhos tinham a inclinação da primeira subida de uma montanha-russa. Fomos pegando cada vez mais velocidade até que os trilhos acabaram e se transformaram em uma rampa de esqui. O nosso carrinho foi lançado ao ar e a Sam começou a apertar o botão do disparador sem parar. Mesmo com a força da descida e os vários impulsos do foguete, ficou claro que não conseguiríamos chegar à faixa de trilhos seguinte.

— O que a gente vai fazer? — Mark gritou.

Biiiiiiiiiiiiipiri bop!

O Roger fez um som de "Super-homem ao resgate" e saiu voando da minha cabeça, como se tirar um quilo da carga fosse resolver o problema. Mas o Roger parecia estar pensando em alguma coisa além do próprio peso. Ele ficou sobrevoando alguns centímetros acima da minha cabeça, fazendo *blups* e *squécs* e outros sons que pareciam um alarme de carro, até que eu o puxei. Assim que eu o segurei, os seus quatro minipropulsores começaram a trabalhar ainda mais. Ele começou a me puxar um tantinho para cima. Eu prendi os joelhos em volta do Mark, que se segurou firme no carrinho de mineração.

PANC!

Aquela foi por pouco, mas de algum jeito conseguimos aterrissar outra vez nos trilhos. Continuamos pulando, impulsionando e espantando inimigos, mas eu comecei a sentir que o medo estava aumentando no banco da frente do carrinho.

— Algum problema, Sam?

Quando ela se virou, seu rosto estava pálido.

— Não vamos conseguir.

— Como assim? O Roger pode ajudar. Mesmo se for um pulo bem grande, vai dar tudo certo... — eu falei.

— NÃO! — ela interrompeu. — Na última parte, precisamos pular para atravessar uma porta que está fechando. Precisamos de velocidade, e não de altura! Com todo esse peso, o carrinho ficou muito lento.

Eu e Mark ficamos em silêncio enquanto disparávamos trilho abaixo.

— Como eu fui burra — Sam disse. — Não sei por que eu trouxe vocês dois...

Pulamos outro poço e começamos a descer uma ladeira a toda velocidade. No final da ladeira havia uma rampa e, passando a rampa, uma placa de metal que ia descendo devagar.

— Será que duas pessoas conseguem entrar? — Mark perguntou.

— Como assim? — Sam perguntou.

— Se tivesse só duas pessoas no carrinho, daria para pular?

Estávamos indo tão rápido que eu mal conseguia abrir os olhos contra o vento.

— Não faz diferença, não tem jeito — a Sam disse.

O Mark parou de ouvir. Ele já estava decidido. Ele se virou, colocou as mãos no meu ombro e pulou do carrinho.

CAPÍTULO 7

Hora de cavar

— MARK! NÃO!

Ele caiu nos trilhos e saiu rolando. Eu tentei alcançá-lo, mas já era tarde demais, pois já tínhamos saído do trilho. Eu e a Sam estávamos voando no ar.

Roger voava atrás do carrinho, empurrando-o com o máximo da sua força. Naquela hora, a porta gigante já estava quase fechada. Mesmo com o sacrifício do Mark, parecia que não iríamos conseguir. Eu vi Mark rolar trilho abaixo até finalmente parar um pouquinho antes do poço.

— SE ABAIXA!

Eu me virei e vi a Sam bem na minha frente. Ela me puxou para dentro do carrinho bem na hora em que nos esgueiramos por baixo da porta. Assim que o carrinho bateu e fomos jogados para fora, nós dois fomos correndo até a porta e tentamos erguê-la. Nem se mexia. Ficamos socando a porta sem parar, mas o metal era tão grosso que nossas pancadas mal faziam barulho. Roger tentou usar a serra circular, mas só saíram faíscas.

O tempo foi passando e eu fui ficando cada vez mais frustrado. Eu já tinha quase morrido umas 20 vezes ao tentar resgatar o Mark, e assim que conseguimos tirá-lo da prisão do videogame, Sam o enterrou numa tumba subterrânea porque ela queria dar uma voltinha numa droga de montanha-russa. Eu desisto.

— Espera, precisamos ajudar o Matt! — Sam disse.

Eu me virei.

— Mark! O nome dele é Mark! Ele morreu por sua causa e você nem sabe o nome dele. — Eu virei pro lado contrário ao dela e fui me afastando.

Ela foi atrás de mim.

— Me desculpe pelo Mark — ela disse baixinho.

— Tudo bem… — eu resmunguei. — Só espero que a gente sobreviva até pelo menos conseguir ajuda para ele.

Ela abaixou a cabeça e caminhamos em silêncio por uns instantes. Sam socava um ou outro robô com o punho de metal, mas já não tinha mais graça. Acabamos encontrando outra caixa de metal com um botão vermelho aceso.

— Estamos quase chegando ao chefão. Você vai precisar disso — Sam disse.

Eu apertei o botão e um capacete se formou em volta da minha cabeça.

— Pra que serve isso?

— Para te proteger.

Seguimos caminhando mais um pouco e o nosso túnel estreito se abriu em uma caverna enorme com estalactites no teto. Era impressionante.

— Então quer dizer que os robôs construíram isso tudo? — eu perguntei.

A Sam deu de ombros.

— Você devia ver alguns desses robôs.

De repente, um cubo gigante de metal caiu lá do alto. O cubo soltou uns zumbidos e apitos e se abriu, igual a um Transformer, virando um robô de uns cinco metros de altura, com uma engenhoca comprida em forma de tubo presa no braço direito. Era aterrorizante.

— O que essa coisa faz? — eu gritei.

Antes de a Sam responder, o robô enfiou o tubo no chão e disparou. Uma onda sacudiu a caverna inteira, nós perdemos o equilíbrio e um desmoronamento fechou o lugar por onde tínhamos entrado. O robô rugiu e começou a andar devagar na nossa direção. Começaram a piscar algumas palavras no visor do capacete dele.

TIPO: DGN-52N
POTÊNCIA: 88
VELOCIDADE: 39
INTELIGÊNCIA: 11
VULNERABILIDADE: CABEÇA

— Certo, esse negócio parece tipo um cavador, ahm, escavadeira? Cava-tudo?

— Não tô nem aí pro que ele parece — Sam disse, de olho no teto.

Eu olhei para cima e vi o Roger apitando ao entrar e sair das estalactites. Ele, por fim, parou em uma que o agradou e apontou a luz para ela.

— Vamos lá! — Sam disse. Corremos para baixo da estalactite e ficamos esperando. O robô avançou para cima de nós. E mesmo com o robô bem perto, a Sam se negava a sair dali.

— Sam? — eu disse.

O robô estava tão perto que eu sentia uma rajada de vento a cada passo que ele dava.

— Ainda não.

O robô chegou mais perto. Agora eu conseguia ver até seu nariz robótico.

— SAM?!

— Espera.

Quando o robô estava a um passo de distância, ele pulou.

— AGORA! — Sam disparou para fugir do robô. Ela não precisou falar duas vezes. Eu já estava na metade na caverna quando o robô aterrissou no local em que estávamos parados. Quando ele caiu no chão, enfiou de novo o tubo na terra e disparou. Dessa vez, a onda foi ainda mais forte e eu senti as pedrinhas que caíam do teto batendo no meu capacete. Sam cobriu a cabeça com o punho de metal para se proteger.

CRÉC!

A estalactite, aquela que estava bem em cima de nós até pouco tempo antes, quebrou e caiu na cabeça do robô. Ele tropeçou para trás e rugiu mais uma vez. Roger apontou a lanterna para outra estalactite do outro lado da sala.

— Agora precisamos andar mais rápido — disse a Sam.

Eu fui com ela para baixo da estalactite e esperei até o robô vir até nós. Dessa vez, quando ele pulou, a coisa começou mal e eu torci meu tornozelo.

— Ai! — eu gritei, mancando para chegar aonde a Sam estava.

— Tá tudo bem? — ela perguntou.

Antes de eu responder, o robô mandou outra onda, que nos fez cair. Senti pedrinhas caírem do teto em cima de mim outra vez, e...

CRÉC!

Acertamos outro golpe em cheio.

Quando eu levantei, meu tornozelo começou a latejar.

— Isso não é bom — eu disse, saltando para trás e tropeçando de novo. Sam me segurou com a mão metaloide e me levou até uma terceira estalactite.

O robô levantou, rugiu e veio praticamente correndo para cima de nós.

— Sam? Eu acho que não vou conseguir continuar — eu disse.

— Confie em mim — ela disse, apoiando o punho de metal nas minhas costas.

Com base nas minhas experiências recentes, não era muito fácil confiar nela. Eu esperei o quanto deu e então saí mancando dali.

— Jesse, espera!

A Sam ficou parada embaixo da estalactite por mais meio segundo e então veio para cima de mim e me acertou um soco turbinado com o punho de metal que me fez voar para o outro lado da sala. Ao me salvar, Sam ficou sem tempo para se proteger. Ela rolou para longe do pé do robô no último segundo, mas não conseguiu usar a mão de metal para se proteger contra os escombros que caíam do teto. Eu fiquei olhando, sem poder fazer nada, ela se encolher toda enquanto as pedras caíam em cima dela. No fim, a estalactite caiu no robô, fazendo ele tropeçar mais um pouco, antes de cair de vez.

Eu corri até a Sam, que estava coberta de arranhados e machucados.

— Você está bem?

Ela resmungou e fez que sim. Então apontou para o disparador de ondas do robô no chão.

— Acho que eu sei como podemos resgatar o Mark.

CAPÍTULO 8

Esquerda solta

Começamos a trabalhar para soltar o detonador do braço do robô. Na verdade, a Sam o desparafusou com sua mão metálica superforte. O Roger iluminou o ambiente e eu fiquei só olhando e fazendo sugestões idiotas.

— Esquerda solta, direita aperta — eu disse quando ela estava tendo dificuldades com um parafuso mais apertado que o normal.

— Tá bóóóóóóóóm — ela respondeu, com um sotaque bem gringo.

— E como isso vai nos ajudar a resgatar o Mark mesmo? — eu perguntei.

— Vamos usar para quebrar a porta.

— Certo, mas e depois?

— Depois a gente pensa, beleza?

COMO É QUE É?

— Ei! — Sam balançou a mão-metaloide em que ela acabara de espetar um parafuso. — ROGER, DÁ PRA FICAR COM A LANTERNA PARADA?

O Roger, que já não estava mais tão interessado no projeto, virou na hora a lanterna na direção da Sam.

— Não vejo a hora de te mandar pro ferro-velho — Sam resmungou.

Eu parei por um segundo.

— Ei, você está ouvindo isso?

— Ouvindo o quê?

— Tipo um ronco.

A Sam deu de ombros.

— A próxima fase é num esgoto. Deve ser água.

— Mas não parece barulho de água — eu disse. — É, sei lá, tipo um super-ronco.

— Se quiser, vai dar uma olhadinha — Sam disse, sem olhar para cima. — O túnel pra próxima fase fica bem ali.

Eu segui a direção do dedo dela e, é claro, um buraco em que só dava para entrar rastejando tinha sido aberto do outro lado da caverna. Eu corri até lá e dei uma espiada. E ouviu o barulho ainda mais alto, e senti um cheiro estranho de diesel. Entrei rastejando, esperei até que meus olhos se acostumassem com o escuro e virei uma esquina. Logo que virei, vi de onde vinha aquele barulho e voltei para trás na mesma hora.

Eram eles!

Os robozinhos altos e magricelas que eu vira na Bionosoft estavam descendo o túnel em marcha, carregando um negócio todo retorcido com a cara do Eric. Diante deles havia um exército de tanques, escavadeiras e soldados-robôs assustadores. Eu voltei rastejando para a caverna o mais rápido que consegui.

— Sam! — eu gritei.

Roger olhou para cima.

— O que eu falei sobre a lanterna? — Sam falou ríspida. Roger logo voltou a iluminar o robô para a Sam.

— Eu encontrei o Eric!

O Roger deu um gritinho de alegria e começou a voar em volta de mim.

— Beleza — Sam disse sem olhar. — Quase pronto.

— Não importa! Você ouviu o que eu disse? Eu preciso pegar o Eric!

— Agora não — ela disse, ainda remexendo para lá e para cá.

Roger parou no ar. Ele parecia confuso.

— COMO ASSIM AGORA NÃO?!

A Sam finalmente parou e olhou nos meus olhos. Tinha óleo e sujeira por cima dos arranhões e machucados do rosto dela.

— Essas coisas desaparecem se ficam sozinhas por muito tempo — ela explicou com calma, dando umas batidinhas no robô. — Se eu não tirar o detonador agora, talvez a gente não consiga alcançar o Mark.

Eu fiquei olhando para ela sem acreditar.

— Isso aqui é vida real! Não é um videogame! ESSA COISA NÃO VAI DESAPARECER!

— Eu não posso arriscar — disse a Sam.

— Do que você está falando?! O Eric está logo ali!

— Eu meti o Mark nessa confusão, então eu preciso salvá-lo. Acredite em mim, o seu chapa vai ficar de boa por mais alguns minutos.

Eu mal podia acreditar no que estava ouvindo.

— Será que dá para você parar de se sentir culpada por um segundo e me ajudar?!

A Sam voltou a trabalhar no robô. O Roger olhou para ela, olhou para mim e depois olhou de volta para a Sam.

— Ai! — A Sam gritou, batendo no dedo outra vez. — Roger, não falta nada para eu te transformar em sucata! — Na mesma hora, Roger reposicionou a luz em cima dela.

Que seja, eu não precisava deles mesmo. Eu me virei com raiva e rastejei de volta na direção do ronco. Dessa vez, quando fiz a curva, percebi que o exército de robôs não estava mais lá. No lugar deles havia um buraco bem redondinho no final do túnel. Eu caminhei até a abertura e respirei fundo para tomar coragem. Mas então eu engasguei. Os robôs tinham cavado até chegar à fedorenta rede de esgoto da cidade. Eu cobri o nariz com a minha camiseta e fui espiar lá fora.

O buraco levava até um rio de lama e sujeira que corria muito rápido. Lá embaixo, centenas de robôs reconstruíam a fase como foram programados. Veículos alaranjados construíam cada cantinho e cada buraco. Umas coisas quadradas e altas andavam roncando pelo rio, derrubando inimigos a cada passo. Por todos os lados, *drones* pretos sobrevoavam, passando a fiação elétrica e instalando as luzes.

Era uma beleza. Eu poderia ficar o dia todo vendo os robôs construírem a fase se não fosse por aquele ser que estava sendo carregado para cima e para baixo por um dos robôs altos e magricelas. Na claridade, eu consegui ver bem que era o Eric, que se contorcia, ainda chutando e gritando a cada passo do robô.

Eu quis correr até lá para livrar ele daquilo, ou pelo menos dizer que estava tudo bem, mas eu não podia correr o risco de chamar a atenção de todos os robôs, principalmente porque eu não tinha arma alguma comigo. Eu procurei então alguma coisa que eu pudesse usar para ajudar o Eric.

Blup!

Meu capacete fez um barulho e um círculo vermelho flutuante apareceu por cima de uma máquina de pegar prêmios na passagem ao lado do rio de esgoto. "BOTAS AQUÁTICAS DE COMBATE" apareceu escrito em letras vermelhas no meu visor e uma flecha apontou para a máquina. Certo, já era um começo. Eu me estiquei mais um pouco para ver o rio que corria lá embaixo. Se eu pudesse encontrar outra máquina dessas ou talvez...

BAM!

Alguma coisa caiu com tudo na minha cabeça, me fazendo ver estrelas. Enquanto eu tentava entender o que tinha acontecido, alguma coisa cutucou a minha perna.

— Grrrrrrr! — eu soltei um grito resmungado para não deixar os robôs ouvirem lá de baixo. Outro cutucão. — GRRRRRRRRRRRRRRR!

Olhei para baixo e vi uma aranha mecânica do tamanho da minha cabeça me atormentando. Eu tentei jogá-la pelo buraco, mas, quando estiquei a mão...

BAM!

Outra aranha pulou do teto e caiu em cima do meu visor. Eu saí tropeçando completamente em pânico, sem conseguir enxergar nada.

BAM!

Outra aranha caiu no meu peito. Quando tentei tirá-la de cima de mim, dei um passo pra trás, pisei com meu pé machucado em cima da primeira aranha e perdi totalmente o equilíbrio. Eu tentei me agarrar desesperado a alguma coisa — qualquer coisa — para conseguir ficar de pé, mas não deu certo. Eu caí da beirada.

CAPÍTULO 9

O buraco do desespero

Eu fui caindo, caindo, caindo, e mesmo quando eu tive certeza de que a queda estava acabando, continuei caindo. Eu me encolhi e me preparei para cair naquela água fedorenta, mas a água nunca chegava. Eu acabei desmoronando em cima de umas placas na calçada ao lado do rio. Mas aí eu caí mais um pouco. E finalmente aterrissei e senti alguma coisa sendo esmagada.

Depois de alguns segundos, percebi que eu não estava morto e abri os olhos. Eu tinha caído em cima de uma das aranhas-robôs (que agora estava mortinha da silva) dentro de um poço de lama melequento. Quando olhei para cima, mal dava para ver o rastro de luz há vinte metros. Eu tentei me mexer. Mesmo com o corpo todo dolorido e coberto de lama, tudo parecia estar funcionando direitinho. Eu olhei em volta, procurando alguma escada ou corda. Nada. O buraco era bem estreito, então tentei subir feito o Homem-Aranha. Eu só escorregava para baixo. Eu quis gritar para pedir ajuda, mas isso só atrairia para mim a atenção de todos os robôs do esgoto.

Eu me encolhi no fundo do buraco e — não conte para ninguém — comecei a chorar. Chorar pra valer. Daqueles choros que a gente perde o ar, que além de triste, a gente fica também meio em pânico por não conseguir respirar. Em um intervalo de duas horas, eu tinha perdido dois amigos e me enfiado dentro de um esgoto fedorento. Eu estava cansado, sozinho e com frio. E, além de tudo, eu lembrei que nem tinha conseguido tomar café da manhã. Eu estava morto de fome.

De repente, um barulho interrompeu o meu festival do chororô. Passos! E então uma das placas se mexeu!

— Sam! — eu gritei. — SAM!

Mas não era a Sam. Era uma cara metálica que estava me olhando lá de cima. Eu levei a mão à boca e ficamos nos encarando por alguns segundos. Então o robô puxou a placa para cobrir o buraco de novo, ele precisava cobrir o buraco para deixar a fase perfeita, mas isso acabava com a minha última esperança de ser resgatado.

Eu fiquei olhando para aquilo sem acreditar por mais um tempo, então me aninhei feito um bebê e coloquei a aranha quebrada debaixo da minha cabeça para usar de travesseiro. Era melhor eu me acomodar. E eu chorei até cair no sono.

CAPÍTULO 10

Explosão número três

Cutucão.

Eu fiquei de olhos fechados.

Mais um cutucão.

Não é horrível quando a sua mãe te acorda com um cutucão? Quando é com gritos é melhor, porque sempre dá para resmungar um "Hummmf, tô indo" e enrolar mais uns minutinhos, mas as mães não param de nos cutucar enquanto não levantamos da cama.

— Hummmf, tô indo — eu tentei.

Cutuco, cutuco, cutuco.

— Tá bom, tá bom. — Eu virei para o lado para sair da minha cama gostosa e quentinha. Só que eu não estava na minha cama. Eu só me melequei ainda mais de lama. E, de repente, eu me lembrei de onde estava. — Hummmmmf!

Cutuco-cutuco, cutuco-cutuco.

Se eu não estava na minha cama, então o que estava me cutucando? Foi então que uma luz piscou na minha cara. Eu me encolhi e vi um *minidrone* sobrevoando perto de mim e se preparando para me cutucar mais uma vez.

— Roger?

Bip bip bipiri booooooooo!

O Roger deu uma voltinha de comemoração no ar. O rosto da Sam apareceu no buraco.

— Jesse? É você aí embaixo?

— Sam?!

Bipiri boooooooooop!

— Sem chance! — Sam disse. — Isso é insano! Completamente INSANO! Afffeee! Certo, espera aí um pouco, eu vou procurar uma corda ou algo parecido.

Roger voou para cima para acompanhar a Sam. Dez minutos depois, os dois voltaram.

— Bom, a gente vai conseguir te tirar daí, mas você não vai gostar muito de como vai ser.

A Sam explicou que eles tinham encontrado uma corda, mas não era comprida o suficiente para me alcançar. Eles teriam então que direcionar o fluxo do esgoto para encher o buraco e me fazer flutuar até em cima.

— Então o plano é despejar litros de esgoto na minha cabeça?

— Roger encontrou uma coisa que você pode usar para se segurar — Sam disse.

O Roger fez um "bip-bip" orgulhoso e empurrou uma bola gigante de plástico suja para dentro do buraco.

— Valeu — eu disse com sarcasmo.

Roger fez um joinha com a garra.

Sam e Roger desapareceram. Uns segundos depois, eu ouvi um *ding-ding-DONG*. No *DONG*, água fedorenta do esgoto começou a cair pelo buraco. Eu cobri minha cabeça para me proteger da meleca, mas acabei desistindo e abracei a bola de plástico para flutuar até chegar ao alto, igual um rato afogado. Quando pulei para fora do buraco, o Roger comemorou.

Bipiri biiiiiiiiiiip!

Ele deu uma volta em torno de mim, assoviando a mesma melodia alegre sem parar.

— Valeu — eu falei para a Sam. — Isso foi... eu nem acredito que você me achou.

— Sem problemas — Sam disse, me ajudando a subir. — Encontrei isso aqui para você se secar, se quiser. — Ela me estendeu um trapo imundo.

— Acho melhor eu secar no sol.

A Sam me levou de volta à caverna, contando o que tinha acontecido. Depois que eu saí, ela conseguiu tirar o detonador de ondas do braço do robô, mas no final das contas era pesado demais para ela carregar. Sam então tentou me encontrar, mas logo percebeu que eu tinha sumido. Ela entrou em pânico e vasculhou cada centímetro do esgoto, até que o Roger finalmente percebeu que a tábua tinha sido mudada de lugar.

— Por quanto tempo eu fiquei aqui embaixo? — eu perguntei.

— Por umas horas, eu acho.

— Umas horas?! Eles podem ter ido pra qualquer lugar nesse tempo!

— Eu sei — Sam disse. — É por isso que agora precisamos ajudar o Mark primeiro.

Caminhamos de volta até onde o detonador de ondas estava.

— Certo, você pega por esse lado e eu pego pelo outro. Acho que juntos vamos conseguir arrastá-lo até a porta — disse a Sam. Nós nos posicionamos e...

— Um, dois, três, já!

Conseguimos mexer o detonador uns trinta centímetros. Depois de puxar e empurrar o detonador por meia hora, um trechinho de cada vez, conseguimos finalmente chegar até a porta. A Sam posicionou a boca do detonador na porta, foi até o gatilho na outra ponta e tomou fôlego para gritar:

— Lá vai! — E puxou o gatilho.

O detonador deu uma engasgada, soltou um zumbido e...

POU!

E lá foi a porta detonada para o além. A Sam atravessou o buraco correndo.

— Mark! Mark, você está aí?

Roger sobrevoou com a lanterna acesa, iluminando uma bolota arredondada em cima dos trilhos.

— MARK!

A bolota ergueu a cabeça. O Mark espremeu os olhos para olhar para nós.

— Pessoal... como vocês...?

— Fica tranquilo, cara — eu gritei do outro lado do fosso. — Estamos chegando! A Sam tem um plano!

— Bom, não sei se eu chamaria de "plano" — Sam sussurrou para mim.

— Você não tem um plano?

— Eu achei que ia surgir alguma ideia quando a gente chegasse aqui.

— Certo, o plano ainda não está pronto, mas estamos trabalhando nele — eu gritei de novo para o Mark.

— O que nós vamos fazer? — eu perguntei para a Sam. — Não dá pra pular. Não dá pra voar. O Roger não vai aguentar trazer ele pra cá.

A Sam nem estava prestando atenção. Ela estava com os olhos colados no teto.

— E se a gente desabasse? — ela disse.

— Desabasse o quê?

— O teto. E se a gente detonasse o teto? Poderíamos usar o detonador para fazer o teto cair, como a gente fez lá atrás.

Eu fiquei olhando para ela de queixo caído.

— Tá vendo aquela rachadura? — ela continuou. — Se acertarmos aquela rachadura, o teto vai desmoronar dentro do fosso e talvez dê para fazer uma ponte para o Mark vir andando até aqui.

Eu fiquei olhando por mais uns segundinhos para ter certeza de que ela estava falando sério antes de dar a minha opinião.

— Parece um plano excelente, se você quiser soterrar todo mundo — eu disse.

— É, então tá, qual é a sua grande ideia?

Eu não tinha nenhuma grande ideia. Então, depois de discutir mais um tempo, finalmente decidimos "fazer uma tentativa", nas palavras da Sam. Usamos as pedras como apoio para mirar o detonador. Depois, o Roger saiu voando para levar o meu capacete para o Mark se proteger.

— Bomba número um! — Sam gritou de cima do detonador.

POU!

O chão tremeu e algumas pedras caíram do teto, mas só isso.

— Bomba número dois!

POU!

Mais umas pedras caíram.

— Ergue um pouco a ponta — eu sugeri.

Sam concordou e deu uma mexidinha de leve no detonador.

— Bomba número três!

POU!

A onda de choque me derrubou e mandou a Sam para longe do detonador. Pedras maiores caíram do teto, mas nada muito grande ainda. E foi então que a caverna começou a ruir.

— Você está sentindo? — a Sam perguntou

O ruído ficou mais alto e o teto rachou.

— SE PROTEJA!

CREEEEEEEEC! BUUUUUUM!

Eu saí bem na hora que o teto começou a desabar. O estrondo durou uns trinta segundos, até que tudo ficou em silêncio. Eu esperei mais alguns segundos para abrir os olhos, mas quando abri, tive que fechar rapidinho por causa de toda a poeira que estava no ar.

— Mark! — eu gritei para a escuridão. — Você tá bem?

— Melhor impossível! Olha só! — o Mark respondeu gritando.

Eu entreabri os olhos e, inacreditavelmente, o plano da Sam tinha funcionado. De algum jeito, o desmoronamento tinha enchido o fosso com tantos escombros que acabou formando um caminho de pedras vindo do trilho do carrinho minerador até a outra ponta. Lá em cima, uma luz fluorescente de escritório brilhava por um buraco no teto. Tínhamos conseguido abrir um buraco lá no alto da Bionosoft sem acertar ninguém. Era um milagre *superbótico*.

— Vamos andando antes que caia mais alguma coisa! — disse a Sam.

Mark veio pela beira dos trilhos, comemorando aos gritos, e pulou num pedaço de concreto.

— Ei!

Mark parou e olhou para cima. Nós acompanhamos o olhar dele. Um dos homens de terno que tínhamos visto antes estava parado na abertura do buraco.

— Não se mexam.

CAPÍTULO 11

Golão

Outro cara de terno chegou e parou ao lado do primeiro.

— Acho que é um deles — ele disse. — Você pode tirar o capacete pra gente falar com você? — ele falou com Mark lá embaixo. — Onde estão os outros dois?

Eu e a Sam nos escondemos antes que eles pudessem nos ver. Mark não tirou o capacete.

— Eles estão procurando o nosso amigo — ele disse.

— O amigo de vocês está bem — o cara de terno garantiu. — Todo mundo conseguiu sair. Nós conferimos os registros. Mas, olha, tem uma coisa bem importante: você contou para alguém sobre o que aconteceu com você?

— Eles estão com o nosso amigo — o Mark repetiu, um tanto agitado. — Os robôs estão com o nosso amigo, e precisamos ir atrás dele.

Aquilo chamou a atenção dos caras de terno.

— Que robôs?

— Os robôs do jogo. Eles escaparam, e estão fugindo.

Aquilo foi a gota d'água para o Cara de Terno Número 1. Ele falou no rádio e se afastou.

— Estamos com um problema de contenção — ele disse. — Prepare os explosivos.

— Explosivos? Eles estão com o nosso amigo! Ei! — o Mark gritou.

— Nós sabemos que a situação é grave — disse o Cara de Terno Número Dois. — Vamos levar você para um local seguro, mas antes de qualquer coisa, é muito importante que você...

Antes do cara de terno terminar de dizer a parte "muito importante", Mark balançou a cabeça e atravessou a ponte de escombros caminhando.

— Espere! Parado aí! — O cara tirou o rádio. — Ele está se movendo! Mandem a equipe!

— Vamos dar o fora daqui! — o Mark disse, passando por nós rapidinho.

A Sam e o Roger foram atrás dele, e eu tentei acompanhar com o meu tornozelo torcido.

— Pessoal, vocês não acham que a gente devia falar com eles? Vocês se lembram daquele negócio de traição que eles estavam falando mais cedo?

— Você se lembra daquele negócio de explosivos que eles acabaram de falar? — a Sam respondeu, se espremendo para entrar no túnel que levava ao esgoto.

Nós todos fomos atrás dela. Assim que eu entrei no túnel, ouvi botas caminhando na caverna.

— Eles estão vindo — eu sussurrei. Começamos a correr.

Quando saímos do túnel, a Sam socou duas aranhas-robôs antes mesmo que eu pudesse vê-las.

— Vocês dois vão na frente — ela disse, sorrindo para o punho de metal. — Eu tenho uma surpresa praqueles caras.

— Sem chance — eu disse. — Agora nós vamos ficar juntos.

A Sam me olhou de um jeito esquisito.

— E quando surgiu essa regra?

— Quando as coisas deram errado na última vez que a gente se separou.

A Sam revirou os olhos.

— Você pode nos levar até o final dessa fase? — o Mark perguntou.

— Bom, tem dois jeitos de fazer isso: o seguro e o rápido.

— Eu escolho o jeito rápido — o Mark disse.

A Sam fez que sim.

— Eu concordo — ela disse olhando para mim.

Por um lado, o último "jeito rápido" foi o que nos colocou naquela confusão. Por outro lado, eu imaginei que as coisas podiam piorar se os caras de ternos nos alcançassem. Eu respirei fundo.

— Vamos nessa.

— Isso aí! — A Sam me deu um soquinho de brincadeira no braço com o punho de metal. Doeu pra caramba. Pegamos a plataforma do elevador para descer e a Sam pegou umas placas do buraco em que eu tinha caído mais cedo.

— Prancha ou esqui? — ela me perguntou.

— Nenhum dos dois.

— Você vai de esqui, eu vou de prancha — ela disse, pegando três placas. — E onde está aquela corda? Ah, aqui. — Ela então levou todas as tralhas dela para o cubo de poder que eu tinha visto antes.

O Mark estava olhando para o cubo pelo capacete.

— Botas aquáticas de combate? — ele disse. — Você pode contar pra gente o que está fazendo?

— Transformando você num barco a jato — a Sam respondeu, dando algumas voltas com a corda na cintura do Mark. Ela virou para mim, me entregando a ponta da corda. — Segura firme e pise nessas placas.

Eu dei a ela um olhar desconfiado.

— Vocês pediram do jeito rápido! — ela disse. — Roger, dá a fita!

O Roger prendeu meus pés na prancha com uma fita superadesiva e então foi fazer o mesmo com a Sam.

O Mark olhou para baixo e viu aqueles esquis duvidosos.

— Essas coisas vão aguentar? — ele perguntou. — E se...

— OLHA LÁ!

Todos olhamos para cima. Cinco caras de terno tinham conseguido passar.

A Sam segurou na outra ponta da corda.

— Aperta esse botão e pula!

Ela não precisou falar duas vezes. O Mark apertou o botão no cubo na frente dele, que na mesma hora se transformou em botas-foguete que se ajustaram aos seus pés. Ele respirou fundo e pulou no rio de esgoto, nos puxando junto.

— Eu não tenho ideia de como faz para esquiar na água! — foi tudo que eu consegui dizer antes de cair na água e ficar com a boca cheia de água de esgoto.

— Pra trás! — a Sam gritou de cima da prancha.

Eu fiz de tudo para conseguir me segurar na corda e me equilibrar na água. Alguma coisa agarrou uma das minhas pernas.

NHÉC!

A Sam se inclinou e socou uma coisa parecida com uma piranha-robô. Depois ela me puxou para cima.

— EU FALEI PRA FICAR PRA TRÁS! — ela disse.

— Ficar pra trás? — o Mark perguntou

— NÃO É COM VOCÊ!

Tarde demais. Já estávamos voando pelo ar. Na volta, o Mark caiu em cima da cabeça de outra piranha-robô e eu caí de boca no rio de esgoto. Para falar a verdade, eu nem consigo descrever o resto do trajeto pelo esgoto, porque passei a maior parte do tempo me debatendo dentro da água como um peixe estrebuchando. Vou contar tudo o que eu ouvi quando minha cabeça não estava debaixo d'água.

GLUG, GLUG, GLUG, GLUG.

— Vire à esquerda aqui! Eu disse à esquerda! Você tá surdo? ESQUER...

GLUG, GLUG, GLUG, GLUG.

— Por que você não pilota se é a sabe-tudo?!

GLUG, GLUG, GLUG, GLUG.

— ROGER, SAI DA MINHA FRENTE!

Por fim, depois de ter a sensação de passar uma hora me debatendo e engolindo água, pulamos a última rampa, caímos e fomos parar em outro túnel. Eu fiquei cambaleando com os esquis por mais uns instantes até que o Roger os tirou dos meus pés.

— Da próxima vez, pode não ser do jeito rápido? — eu perguntei antes de vomitar pelo chão todinho.

Antes de seguir para a próxima sala, a Sam e o Mark ficaram esperando pacientemente até eu tirar toda a água de esgoto do meu estômago.

— Uau — o Mark disse enquanto caminhávamos até o meio da sala. As paredes formavam um círculo perfeito em volta de nós e o teto tinha pelo menos 30 metros de altura. Parecia que estávamos dentro da maior latinha de batatas do mundo. Bem na nossa frente havia um cubo de poder.

— Por que você não fica com esse, Jesse? — o Mark perguntou.

Eu sorri e fui andando até o cubo, animado para ver qual a habilidade que eu iria adquirir. Uma armadura corporal seria legal. Quem sabe um daqueles punhos enormes. Eu apertei o botão e o cubo se transformou em um… bumerangue?

Uma porta se fechou atrás de nós e eu comecei a entrar em pânico.

— Eu não sei usar esse negócio! — eu disse. — Sam, não deveria ficar com você?

— Por quê?

— Porque você já esteve nesse jogo antes! — eu disse.

— Ah… — A Sam nem tinha pensado nessa hipótese. — Bom, é bem simples, de verdade. O bumerangue é acionado por um foguete, então você só precisa…

BUUUUUUUUM!

A explicação da Sam foi interrompida por uma aranha de metal gigante que caiu a poucos centímetros das nossas cabeças.

CAPÍTULO 12

Aranha e Piranha

Não conte para ninguém, mas eu tenho medo de aranha. Eu não sei quais delas são venenosas, então eu sempre fico um pouco nervoso achando que todas as aranhas que eu vejo vão me matar. Não que eu comece a gritar ou corra pra cima de uma cadeira ou algo assim, mas qualquer ato de valentia que eu tenha diante de uma aranha é puro fingimento.

Dessa vez não teve valentia, nem por fingimento. Teve um monte de grito. A aranha-robô na nossa frente era do tamanho de um elefante e estava nervosa. Bem nervosa mesmo. Além disso, tinha uma mancha vermelha brilhante em forma de ampulheta nas costas dela, essa é a única característica de aranhas venenosas que eu conheço.

E o impacto dela quando caiu no chão fez com que uma placa de metal caísse atrás de nós.

— Subam ali! — a Sam gritou.

Nós obedecemos.

A aranha nos olhou de cima a baixo com seus olhos robóticos medonhos e pulou na parede à nossa direita. Ela deu umas batidinhas, parou e furou a parede, fazendo com que começasse a jorrar água. A aranha então atravessou a sala num pulo e fez a mesma coisa do outro lado. Logo a água já estava cobrindo o chão, levantando a placa de metal. A aranha foi contornando a sala toda, fazendo buracos na parede e inundando tudo. Em pouco tempo, piranhas-robô também começaram a sair dos buracos. Uma delas pulou na nossa placa de metal e a Sam a esmagou com o punho. Outras aterrissaram na água e ficaram nos observando com a cabeça para fora.

— Vou acabar com qualquer coisa que vier pra cá! — a Sam gritou. — Mark, use as botas para correr sobre a água e pular nas piranhas!

— E eu faço o quê? — eu perguntei. Naquele momento, o Roger começou a apitar e guinchar.

A Sam olhou para cima. A aranha estava parada no teto, com a ampulheta brilhando mais do que nunca.

— Use o bumerangue! Agora!

— Você quer que eu jogue o bumerangue na aranha?

— Isso! — Uma piranha pulou na nossa plataforma. *BUUUF!* A Sam acertou ela em cheio. — Claro! — *BUUUF!* — O que mais você poderia fazer? *BUUUF!*

Eu olhei de novo para o teto, mas já era tarde demais. A aranha tinha saído do lugar.

— ARREEEEE! — a Sam disse. — SEM ENROLAÇÃO!

A aranha continuou abrindo mais buracos na parede e cada vez ia entrando mais água, fazendo com que a gente subisse ainda mais rápido. Depois de cavar por uns trinta segundos, ela pulou para o teto outra vez. Eu fechei um olho, apertei o outro e preparei a mira. Por fim, arremessei o bumerangue, que não chegou nem perto.

— JESSE! — gritou a Sam.

— Eu não sou bom de mira!

Mais buracos. Mais água. Mais piranhas. A aranha pulou de volta no teto. Mirei de novo, sabendo que ia sair de qualquer jeito. Aí, um pouco antes de eu arremessar o bumerangue, a Sam fez uma pausa no massacre de piranhas para me empurrar com sua mão robótica para mais perto do alvo. Lancei o bumerangue no ar na altura do meu ombro. Em cheio! A aranha bateu no teto algumas vezes e pulou de volta na parede.

— Mandou bem! — a Sam gritou.

As piranhas começaram a vir tão rápido que a Sam nem teve tempo para olhar para mim enquanto me elogiava. Além disso, agora já tínhamos subido dois terços da parede e estávamos ganhando velocidade. Dessa vez, quando a aranha pulou no teto, a Sam não precisou me empurrar, eu já estava a uma distância que dava para acertá-la em cheio pela segunda vez.

A aranha ficou mais irritada. Ela pulou na parede e começou a fazer buracos enormes com a cabeça. Água e piranhas jorravam na sala.

— Eu não consigo dar conta de todas elas! — o Mark gritou de cima da água.

— Tudo bem, agora tire as botas! — a Sam gritou.

— O quê? De jeito nenhum!

— Vai logo!

Com a água que não parava de jorrar, tínhamos começado a disparar na direção do teto. Em poucos instantes estaríamos mortinhos, esmagados ou afogados. Quando a aranha terminou de dar as pancadas com a cabeça, Mark correu até a plataforma de metal e arrancou as botas. A aranha pulou no teto e ficou bem em cima de nós.

— Entra na água! — a Sam gritou.

O Mark olhou para baixo e viu a água infestada de piranhas, depois olhou para cima e viu o teto cada vez mais perto.

— Eu não...

SPLASH!

A Sam o empurrou. Ela entrou na água logo depois dele e em seguida foi o Roger. Eu fiquei esperando o quanto pude a ampulheta da aranha acender, mas não daria tempo. Eu pulei da plataforma um segundo antes da minha cabeça bater na aranha. Enquanto eu estava no ar, a ampulheta acendeu. Eu joguei o bumerangue e mergulhei na água antes de ver se eu tinha acertado. Debaixo da água, vi que a Sam, o Mark e o Roger estavam nadando para baixo, então eu fui atrás. Uma, duas, três braçadas e...

BUM!

Uma onda de choque ricocheteou na água. Olhei para cima e vi que a aranha tinha explodido, abrindo um buraco no teto. De repente, eu fui sugado para o alto.

CAPÍTULO 13

Modo impossível

Pela segunda vez no mesmo dia (e, coincidentemente, também pela segunda vez na vida), eu fui sugado de um poço direto para a água do esgoto. Eu caí com tudo no chão, do lado de um esguicho de esgoto imundo, olhei em volta e vi que tínhamos sido cuspidos no meio de um bosque, em plena noite de lua cheia.

— Vocês estão bem? — perguntei depois de tossir para expelir toda a água da minha boca.

— Humpf — disse a Sam.

— Humpf — disse o Mark.

Bluuuuuuuug, disse o Roger.

Fizemos de tudo para arrancar as nossas roupas, mas acabamos desistindo e aceitamos ficar ensopados a noite toda. Mark foi o primeiro a notar os rastros de uma escavadeira.

— O que é aquilo ali? — ele perguntou.

Vários rastros abriam um caminho pela floresta. A Sam suspirou.

— Tenho certeza de que é o caminho para a próxima fase. — Ela levantou. — Vocês vêm?

— Espera — eu disse. — Quer dizer que esses rastros provavelmente levam a um lugar horrível...

— É uma fábrica — a Sam me interrompeu.

— ... levam a uma fábrica horrível cheia de robôs-assassinos, enquanto os robozões que estão com o Eric já devem ter ido embora há um tempão.

A Sam deu de ombros.

— É provável.

— Então não seria mais esperto pularmos a parte da fábrica e encontrar o Eric algumas fases mais pra frente?

A Sam deu de ombros mais uma vez.

— É provável...

Eu parei por um instante, chocado porque a Sam finalmente tinha concordado comigo sobre alguma coisa.

— Ahm, então por que a gente não faz isso?

— Porque eu não sei o que vem depois.

— Como é que é?

— Eu. Não. Sei. O. Que. Vem. Depois — a Sam pronunciou cada palavra da frase com exagero.

— Achei que você estava nesse jogo há uma semana! — eu disse.

— Eu estava — a Sam respondeu. — Mas eu só cheguei até a terceira fase, tá bom?

De repente, eu perdi a fé na pessoa que deveria nos guiar. Eu olhei para o Mark com uma cara de "oh-ou".

A Sam viu o meu olhar.

— Olha, eu sou boa nesse negócio aqui, viu? Eu adoro jogos de videogame, então eu sempre jogo no nível "impossível" para fazer o jogo durar mais. Mas é que o modo impossível do *Mundo SuperBot 3* é impossível de verdade.

— Então, além de não saber o que acontece depois dessa fase, ainda vamos ter que encarar robôs impossíveis? — o Mark perguntou.

Sam deu de ombros pela terceira vez.

De repente, comecei a me sentir sufocado e culpado.

— Olha, pessoal. Obrigado por vocês terem vindo, mas vocês dois precisam ir embora agora. Isso é coisa minha e eu não me perdoaria se acontecesse alguma coisa com vocês — eu disse.

— E você acha que nós vamos ficar tranquilos se acontecer alguma coisa com você? — o Mark perguntou.

— É — disse a Sam. — Agora nós vamos ficar juntos, lembra? — ela falou essa frase com um sotaque forçado, acho que tentando me imitar.

Antes que eu pudesse discutir, chegamos a uma clareira que se abriu na antiga fábrica de papel da nossa cidade. A fábrica, toda acabada e enferrujada, era um lugar sombrio e assustador desde que fora abandonada há vinte anos, mas naquela noite estava diferente. Naquela noite, as janelas quebradas estavam iluminadas e havia fumaça saindo pelas chaminés.

— Parece que encontramos a nossa fábrica — disse a Sam.

Bling-bling!

Rober apontou a lanterna para uma abertura lá embaixo no bosque.

— E parece que Roger encontrou um jeito de entrar — o Mark disse, seguindo Roger pela abertura.

— Mas...

Sam virou e colocou o punho de metal bem na minha cara. Eu parei de falar e segui o Mark pelo túnel. Depois de alguns minutos de silêncio tenso, chegamos a uma porta.

— E agora? — eu perguntei, procurando um botão ou uma manivela por todos os lados.

BUUUUUF!

A Sam socou a parede fina de metal e abriu um buraco para entrar. Eu e o Mark demos dois passos para dentro da porta antes de tomar um baita susto com o que vimos lá dentro. Em questão de horas, os robôs tinham transformado uma velha fábrica de papel caindo aos pedaços em uma fábrica de última geração. Através de uma janela alta, vimos as linhas de montagem, que estavam paradas há décadas, cuspindo peças e mais peças. Mais adiante havia uns braços enormes com garras juntando as peças para montar alguns dos robôs que já tínhamos visto no jogo. Por fim, no canto direito havia uns trajes de robôs ambulantes que pareciam com aquele que a Sam estava usando na Bionosoft.

Sam apontou para os trajes dos robôs.

— É para lá que estamos indo.

Entramos em um túnel que ficava do outro lado da janela e atravessamos rastejando. Quando a Sam chegou no final do túnel, ela se virou para nós:

— Na parte que vem aí, é MUITO importante que vocês façam exatamente o que eu digo. Entenderam?

Nós dois concordamos. A Sam respirou fundo, olhou para cima como se estivesse ensaiando algum movimento dentro de sua própria cabeça e rolou para fora do túnel. Eu e o Mark imediatamente fizemos igual. Caímos em cima de uma linha de montagem em movimento, cercada de paredes muito próximas e um teto rebaixado.

— Aqui! Já! — a Sam gritou lá da frente.

Nós corremos na direção dela.

PANC!

Uma peça de metal chacoalhou a linha de montagem ao cair bem no lugar onde eu e o Mark estávamos parados. Agora estávamos prestando muita atenção na Sam.

— Três, dois, um, PULEM! — ela disse.

Nós pulamos. Uma serra circular saiu da parede, girando bem no ponto onde estavam os nossos pés. Mas não tivemos tempo para descansar, porque a Sam já estava gritando o próximo comando.

— Rolem! — Nós rolamos por baixo de uma viga de metal. — Fiquem abaixados! — Outra serra circular saiu da parede, bem onde estávamos com a cabeça.

Continuamos jogando o jogo de O Mestre Mandou mais perigoso do mundo por mais alguns minutos até que a Sam berrou a última ordem e saímos rolando da linha de montagem.

— Ufa! — A Sam parecia aliviada. — Foi a primeira vez que consegui chegar ao final na primeira tentativa!

— O QUÊ?!

A Sam me ignorou.

— Então temos os trajes robôs — ela apontou para o outro lado da sala, onde havia trajes pendurados um pouco acima do chão — e temos os guardas. — Ela apontou para um esquadrão de robôs com cara de ninjas empunhando facas parados na frente dos trajes.

— E como vamos passar por eles? — Mark perguntou.

— Se você for muito bom no bumerangue, pode derrubar um de cada vez enquanto eles correm para cima de você — disse a Sam.

Eu balancei a cabeça com todas as minhas forças.

— O outro jeito é se infiltrando pelo teto.

Depois de todos concordarem que, quanto menos bumerangues eu tivesse que arremessar, melhor seria para todo mundo, nós trabalhamos em equipe para empurrar umas caixas até a parede e usá-las de escada. Quando chegamos à parte das vigas, a Sam virou, pediu silêncio e começou a escolher com cuidado o caminho na direção dos trajes blindados.

Na metade do caminho, Mark ergueu o visor do capacete e sussurrou alguma coisa para mim. Eu devo ser o pior leitor de lábios do mundo, então é claro que eu não entendi nada do que ele disse. Se eu tivesse que adivinhar, chutaria algo do tipo: "cestas de melancia fedidas". Eu fiz que entendi o que ele estava falando, que é o que eu costumo fazer quando não tenho ideia do que as pessoas estão falando. Ele continuou olhando para mim, esperando uma resposta, o que queria dizer que a minha técnica não tinha funcionado. Por fim, eu desisti e sussurrei:

— O quê? — Ele fez uma concha com a mão na orelha, fazendo um sinal para eu ouvir alguma coisa.

Eu parei. Parecia um... bipe fraquinho? Era com isso que o Mark estava preocupado? Eu dei de ombros e continuei andando. Com um exército de robôs-assassinos armados com facas embaixo de nós, um bipezinho era a menor das minhas preocupações.

Mas logo o bipe virou um daqueles barulhos que não conseguimos ignorar depois de termos ouvido. Eu tentei me concentrar no que vinha a seguir, mas eu só conseguia ouvir o *bipe-bipe-bipe*. Eu olhei em volta para tentar descobrir de onde vinha. O barulho parecia ficar cada vez mais alto, quanto mais perto nós chegávamos dos trajes.

Bipe-bipe-bipe.

Eu coloquei a mão em uma viga para me segurar e senti um fio. Olhei para cima e vi que o fio levava até uma caixa preta com uma luz piscando em vermelho. A caixa estava presa no teto por um tipo de massinha. Mais fios conectados a outra caixa, que estava ligada a outra, que estava ligada a... ah, não!

Bipe-bipe-bipe.

Ao olhar em volta, vi dezenas de caixas pretas piscando, todas ligadas a um relógio digital que estava próximo aos trajes de robô. Um cronômetro estava fazendo uma contagem regressiva a partir do 37. Eu já tinha visto muitos filmes e sabia o que aquilo queria dizer.

Bipe-bipe-bipe.

A Sam não parecia preocupada com a contagem regressiva, mas eu decidi perguntar mesmo assim, só para garantir que não era o que eu estava pensando. Chamei a Sam e, quando ela virou, eu sussurrei:

— Bomba?

Ela fez que sim, como se tivesse entendido, mas dava para ver que ela estava fazendo a mesma coisa que eu tinha feito com o Mark. Eu tentei mais uma vez:

— Bomba?

Bipe-bipe-bipe.

Ela virou a cabeça para o lado e sussurrou:

— Pomba?

Eu olhei para a tela: 28, 27, 26. Não dava mais para brincar.

— BOMBA! — eu gritei, apontando para o relógio.

Todos os robôs olharam para cima. A Sam olhou para a bomba e depois olhou para mim de novo com uma cara de pânico. Sim. Era uma bomba mesmo.

— CORRAM! — ela gritou. Passamos pelas vigas e os robôs nos seguiram com as facas nas mãos. Alguns dos robôs trabalhavam em equipe para subir nas vigas e nos alcançar. Eu arremessei o bumerangue em um deles antes de ele conseguir tirar um pedaço das costas do Mark.

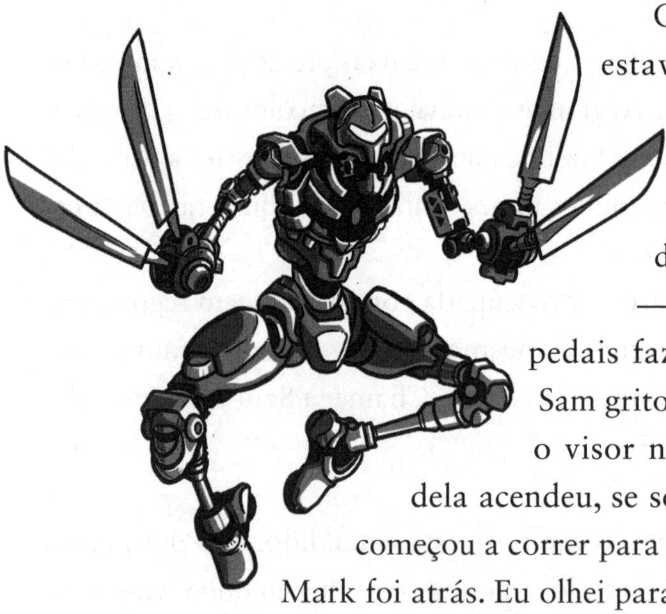

Chegamos até onde estavam pendurados no teto os trajes de robôs e nos balançamos para descer até lá.

— Botão verde, liga, pedais fazem andar! — a Sam gritou antes de fechar o visor no rosto. O traje dela acendeu, se soltou das vigas e começou a correr para longe. O robô do Mark foi atrás. Eu olhei para o meu painel de controle. Botão verde? Que botão verde? Eu dei uma espiada no cronômetro lá atrás.

9. 8. 7.

Os robôs esfaqueadores agarraram uma das pernas do esqueleto do meu robô e começaram a subir. Outro robô caiu do teto nas costas do meu traje.

6. 5.

Finalmente eu encontrei o botão.

4. 3.

Quando o visor abaixou no meu rosto, eu tentei desesperadamente encontrar os pedais de que a Sam tinha falado. Havia robozinhos armados com facas pendurados em todo o meu traje. Eu não conseguia mais ver o cronômetro, então eu precisava fazer a contagem de cabeça.

2.

O peso de todos os robôs fez arrebentar a corda que estava segurando o meu traje e nós todos despencamos no chão.

1.

E se eu…

BUUUUUUUUUUUUUUM!

CAPÍTULO 14

Ovos mexidos

Eu acordei com a sensação de que tinha um elefante em cima da minha barriga. Depois de tentar várias vezes mexer o braço e não conseguir, eu entreabri os olhos e vi que não era um elefante, mas um brutamontes de terno que estava pisando em cima da minha armadura robótica. Ele estava averiguando o estrago, mas não parecia ter notado a minha presença (provavelmente por causa de todo o entulho cobrindo a minha cabeça. Eu fechei os olhos de novo).

— Não tem nada se mexendo aqui — ele disse com uma voz de valentão.

Outra voz começou a conversar com ele. Essa parecia ter um leve sotaque do Sul.

— Acabou então? Acha que esse foi o último?

— Melhor assim — disse o valentão. — Nunca vi a chefia tão perturbada assim na vida.

— O que você acha que está acontecendo?

— Você sabe que eles não contam nada pra gente.

— Claro que eles não contam. Estou perguntando o que você *acha*.

O valentão parou por um segundo e então a voz dele ficou séria.

— Eles estão nos fazendo apagar a memória de garotos lá no porão. *Garotos*! Você sabia que é a primeira vez que fazem isso com seres humanos?

— Eu... eu não tinha ideia.

— Minhas mãos ficaram tremendo quase o tempo todo. Ainda bem que parece que deu tudo certo com todos eles, mas se a agência está disposta a correr o risco de transformar o cérebro dos garotos em ovos mexidos só para esconder um segredo... bom, deve ser um segredo bem importante.

— Mas qual seria o segredo?

— Você não entende? Não se faz perguntas desse tipo, ou é o SEU cérebro que vai virar ovo mexido. E de verdade.

O cara do Sul ficou em silêncio por uns segundos. E então ele deixou escapar um "Ahhhhh, não" baixinho.

— O que foi?

— Olha só.

Eu senti a luz de uma lanterna bem no meu rosto. Segurei a respiração e tentei ficar completamente imóvel.

— Esse é um dos três que fugiram, não é?

O valentão suspirou.

— É. Detesto ver isso.

— Será que precisamos levar o corpo, ou...

— Passe um rádio pedindo reforços e peça para a equipe de limpeza dar um jeito — o valentão falou. — Eles vão ter que fazer parecer um acidente ou algo assim. Se esse garoto veio parar aqui, significa que precisamos vasculhar o resto dessa bagunça para procurar os outros.

Agora foi a vez do cara do Sul suspirar.

— Às vezes eu odeio esse emprego — ele disse.

E foram os dois embora caminhando.

Esperei até parar de ouvir os passos antes de abrir os olhos. Os caras de terno tinham sumido. E, pra dizer a verdade, o teto também. Olhei a lua lá em cima em meio à fumaça e à neblina. Descobri que eu não conseguia mexer muito a cabeça dentro daquele traje, mas conseguia mexer os olhos o suficiente para ver que eu estava cercado de montanhas de escombros, metal retorcido e peças de robô.

Eu tentei me contorcer para sair do traje. Além de estar completamente entalado, eu sentia uma pontada de dor na perna sempre que eu tentava me mexer. Tentei tomar fôlego antes de fazer mais uma tentativa. Nada. Eu estava com fome, cansado, dolorido e queria dormir ali mesmo. Talvez não seria nada mal se eu fechasse os olhos só uns segundinhossszzzz...

NÃO.

Eu arregalei os olhos e voltei a me concentrar. Eu era a última esperança do Eric. Se eu não conseguisse sair antes que os caras de terno voltassem, ele sumiria de vez. Respirei algumas vezes, encolhi a barriga e me contorci com toda a minha força. Meu quadril mexeu um centímetro. Tentei de novo. Dessa vez, foram dois centímetros! Muito melhor! Eu me contorci mais um pouco até conseguir balançar o traje para a frente e para trás com o quadril. Para a frente e para trás, para a frente e para trás, até que meu corpo começou a mexer um pouco dentro do traje cada vez que eu ia para a frente. Por alguns minutos, eu concentrei toda a minha energia para balançar, contorcer e retorcer até que — *POP!* — soltei minha mão esquerda do robô. Dobrei os dedos e estiquei a mão algumas vezes. Deu tudo certo! Eu usei a mão para puxar o outro braço e então usei as duas mãos para puxar o meu corpo para fora da armadura robótica.

Depois de me soltar, fiquei deitado no chão por alguns segundos, ofegando e suando. Luzes distantes penetravam a fumaça e a escuridão, mas naquela hora, eu estava sozinho. Depois de um instante tomando fôlego, eu rolei para o lado, me levantei e despenquei na mesma hora.

Eu não conseguia apoiar peso algum no meu tornozelo torcido — estava totalmente quebrado. Eu olhei para trás e vi luzes. Duas luzes estavam se aproximando. Rapidamente eu rastejei para trás de um pedaço enorme de concreto e fiquei espiando. As luzes viraram para a esquerda. Para ter alguma chance de escapar, eu precisava me afastar um pouco do traje de robô. Rolei para baixo de um pedaço de metal caído, esperei passar mais duas luzes e subi em uma esteira capotada. Continuei por aquele caminho para atravessar as sucatas de uma fábrica e chegar às árvores. Pulei para trás de outra armadura robótica destruída e mal tinha começado a planejar meu próximo passo quando senti alguma coisa no meu ombro.

Um cutucão.

Eu me assustei e quase gritei, mas quem me cutucou foi logo cobrindo a minha boca com a mão. Uma mão fria de metal.

CAPÍTULO 15

Garoto Bugado

Devagar, olhei de canto de olho e vi que tinha sido descoberto pelo Roger. Ele acenou para mim com a garra vazia, piscou a lanterna na direção do bosque e me soltou. Ele me guiou pela floresta, onde encontrei a Sam e o Mark encolhidos atrás de um tronco grande. Eles estavam sentados ao lado do capacete do Mark, que estava partido ao meio. A Sam tinha um corte comprido na testa e o Mark estava com uma atadura improvisada em volta do braço, mas, fora isso, eles pareciam estar bem.

Sam me deu um abração e não queria mais soltar.

— Você conseguiu! — ela não parava de dizer.

Sam começou a me contar que ela e o Mark tinham escapado por milagre da explosão, mas eu a interrompi.

— Precisamos sair daqui — eu disse, contando a história que tinha ouvido dos caras de terno na fábrica.

Sam e Mark ficaram chocados.

— Você sabe quem são eles? — o Mark perguntou.

Eu dei de ombros.

— Eles falaram alguma coisa de “agência”. Não sei o que isso quer dizer, mas acho que eles querem manter tudo em segredo, para usarem a tecnologia do senhor Gregory em algo bem sinistro.

— Então, se eles chegarem ao Eric antes de nós... — a voz da Sam tremeu.

— Ovos mexidos. Ou coisa pior...

— Mas eles não parecem saber que os robôs estão construindo outras fases, né? — o Mark perguntou cheio de esperança.

— É. Eles não parecem saber nada sobre os robôs ou sobre o que eles estão fazendo. Eles provavelmente vão perceber amanhã de manhã, quando as pessoas começarem a denunciar que há robôs-assassinos por toda parte, o que significa que nós temos só algumas horas para encontrar o Eric.

— Nós precisamos pular até o final do jogo — a Sam disse.

— Mas como nós vamos fazer isso se não sabemos pra onde ir?

Ficamos pensando em silêncio por alguns momentos.

— Eu daria tudo para ter o número do Garoto Bugado agora — disse a Sam.

— Quem é Garoto Bugado? — o Mark perguntou.

— É um menino viciado nesse jogo. Ele faz uns vídeos incríveis sobre o *Mundo SuperBot* — a Sam disse, com um brilho diferente no olhar.

Mais alguns segundos de silêncio. Então o Mark resolveu falar:

— Esses vídeos estão no YouTube?

— Claro. Mas não estou vendo nenhum computador por aqui. Você está?

O Mark ficou quieto por mais alguns instantes. Ele parecia estar tentando se decidir se nos contaria algo.

— O que foi, Mark? — eu perguntei.

— Bom, na verdade, estamos bem perto de um computador — ele disse.

— Por que você não disse logo? — A Sam levantou. — Vamos lá!

O Mark olhou para mim claramente desesperado.

— Está na minha casa.

Eu balancei a cabeça.

— Mark...

— Nós podemos atravessar o quintal, pegar a chave reserva, entrar escondidos pelo porão, assistir ao vídeo e deixar tudo do jeito que estava antes de os meus pais acordarem — o Mark disse tudo de uma vez só, como se precisasse falar antes que mudasse de ideia.

— Moleza — disse a Sam. Então ela notou que eu estava balançando a cabeça. — Qual é o problema?

— O Mark está no jogo há oitenta anos — eu disse.

— Oitenta anos?!

O Mark e eu fizemos um sinal para ela falar mais baixo.

— Oitenta anos? — a Sam disse, com a voz mais baixa.

— É uma longa história, mas oitenta anos no jogo são quase dois meses no mundo real — eu disse. — Então, a essa altura, os pais dele acham que ele... ahm, está morto.

— Então ele não pode simplesmente aparecer em casa às duas da manhã, certo? — disse a Sam.

— Isso mesmo — eu disse. — Se os pais dele acordarem, nunca mais vamos conseguir sair de lá para resgatar o Eric.

A Sam concordou, entendendo o problemão.

— E se eles não acordarem, o Mark vai ter que sair de casa sem saber se vai vê-los outra vez.

Nós dois olhamos para o Mark. Ele se virou e começou a caminhar pelo bosque.

— Volte aqui! — a Sam sussurou.

Ele se virou para nós:

— Chega de perder tempo!

Sem esperar uma resposta, ele virou para a frente e começou a caminhar de novo. Eu e Sam logo fomos atrás dele.

— Ei, pessoal — eu disse, parando. — Tenho uma má notícia. Eu não consigo mais andar.

— Caramba! — a Sam disse.

Ela e o Mark voltaram, me ajudaram a ficar em pé e me apoiaram, segurando o meu peso durante todo o caminho até a casa do Mark. Ele tinha razão, era bem pertinho mesmo. Depois de andar pelo bosque por quinze minutos, o Mark pediu para ficarmos quietos. Demos de cara com um quintal. Nós rastejamos pelo gramado e quase morremos de susto quando uma luz com sensor de movimento acendeu. Mark balançou a cabeça e correu até o quintal dos fundos, levantou uma pedra falsa do jardim e tirou uma chave de debaixo dela. Ele nos fez entrar na casa rapidinho e fechou a porta.

Assim que conseguimos entrar, paramos uns segundos para descansar. A casa estava escura e silenciosa, a não ser pelo barulho da geladeira. Quando meus olhos se acostumaram com a escuridão, vi que estávamos parados do lado da mesa da cozinha, onde os pais do Mark ainda mantinham o lugar arrumado para ele. Olhei para o Mark para ver como ele estava. Ele ficou com os olhos parados no chão. Ele provavelmente tinha passado os últimos oitenta anos sonhando com esse momento, e nem podia aproveitar porque sabia que precisava voltar. Depois de tomarmos fôlego, ele fez um sinal para irmos atrás dele até o porão.

O porão do Mark era um lugar que parecia ter sido legal um dia. Mas agora as coroas de flores murchas do funeral cobriam a mesa de pingue-pongue, o enorme retrato do "Dia do Mark" estava entre um projetor de filmes e uma tela de cinema na parede e todos os troféus que o Mark ganhara estavam jogados em cima do sofá. O Roger iluminou o caminho e fomos andando devagar vendo todas as lembranças do Mark. E, mais uma vez, Mark se recusava a olhar para elas.

— Você tá bem? — eu sussurrei.

O Mark sentou no computador.

— Tá tudo certo — ele disse, mas daquele jeito bem rápido, como quando estamos prestes a chorar, mas não queremos admitir. Ele se virou para o monitor e ficou olhando com uma cara engraçada.

— Qual é o problema? — a Sam sussurrou.

— Não consigo lembrar a senha.

— Você não lembra?!

— Faz oitenta anos! Espera um pouco! — o Mark por fim fez um gesto com a cabeça e digitou alguma coisa.

NOME DO USUÁRIO OU SENHA INCORRETOS

Ele franziu o rosto e tentou mais uma vez.

NOME DO USUÁRIO OU SENHA INCORRETOS

— Eu tenho certeza de que era essa — ele murmurou. Tentou de novo. Mesma coisa.

— Talvez eles tenham trocado a senha — eu disse. Olhei em volta e tive uma ideia. Fui até o teclado e digitei "Mark".

NOME DO USUÁRIO OU SENHA INCORRETOS

— Espera um pouquinho — o Mark disse. Ele digitou então "M@rk1".

BEM-VINDO.

Mark sorriu.

— Meu pai sempre trocava os "a" por "@" e colocava um "1" no final de todas as senhas dele. Ele achava mais seguro.

— Acha — a Sam disse.

— Quê?

— Ele *acha* mais seguro. Ele tá vivo.

— É, é, parece que sim. — O Mark voltou ao computador e abriu o YouTube. — É com você, Sam.

Sam abriu um vídeo chamado "Jogatina Mundo SuperBot 3 - Final ÉPICA! (Parte 17/17)".

— DIA PROCÊS! — o tal do Garoto Bugado, todo agitado, gritou no microfone. — HOJE VAMOS LEVAR ESSE CARINHA FOLGADO PRA PRINCESA, MAS ANTES...

O Mark pulou por cima da mesa para apertar o botão de mutar. A Sam pausou o vídeo e ficamos um minuto todinho sem respirar para tentar ouvir qualquer movimento vindo do andar de cima. Por sorte, os pais do Mark tinham o sono pesado.

A Sam apertou o *play* de novo. Apareceu um robô equipado com os punhos de metal da Sam, além de mais trinta atualizações. Uns segundos depois, Roger apareceu voando atrás dele.

Biiiiiiiiip-boooooooooop.

Nós todos viramos desesperados para fazer o Roger de verdade ficar quieto, mas alguma coisa estava errada. Ao se ver na tela do computador, ele pareceu entrar em curto-circuito.

Bluuuuuuuuruuuuuuuup.

Ele tremeu e balançou no ar, fazendo um som alto, como o de um computador em pane. A Sam pegou uma caixa de lembranças do Mark de cima da mesa, esvaziou e a usou para prender o Roger. Por fim, ele ficou quieto.

— O que foi isso? — o Mark sussurrou para a Sam.

Ela deu de ombros e balançou a cabeça com os olhos arregalados. Esperamos por mais algum sinal dos pais do Mark e voltamos a olhar para a tela.

O personagem parecia estar flutuando em um corredor futurístico. Ele era um borrão em movimento, desviando de bolas de fogo, chutando paredes e ceifando o inimigo. No final, ele chegou a um grande interruptor de metal na parede e o virou. A gravidade voltou e tudo caiu no chão.

— É tipo uma câmara antigravidade? — o Mark disse. — Onde poderia ter uma câmara antigravidade por aqui?!

E então o personagem entrou na sala ao lado e descobrimos exatamente onde poderia haver uma câmara antigravidade. Naquela outra sala, toda a parede de trás era uma janela. E pela janela, lá longe, a gente via o planeta Terra.

CAPÍTULO 16

Lavers Hill

— LUA?! EU NÃO POSSO IR PRA LUA! — a Sam começou a gritar e sussurrar ao mesmo tempo, o que é meio difícil de fazer. — EU NÃO SEI NADA SOBRE A LUA! QUER DIZER, EU SEI QUE NÃO DÁ PRA RESPIRAR LÁ! COMO FAZ PRA RESPIRAR NA LUA? COMO SAIRÍAMOS DA LUA?!

— Sam! — eu interrompi. — Calma! Se eles chegarem até a lua, já vai ser tarde demais para o Eric.

A Sam parou para respirar por um segundo. O Mark já estava navegando pelos outros vídeos.

— Aqui está a fase que vem antes da fase da lua — ele disse.

Assistimos ao personagem principal lutar contra um chefão enorme na frente de um foguete prestes a decolar. Eles lutaram em um campo aberto no meio de uma fazenda. Eu torci o nariz.

— Uma fazenda? Sério? Parece um lugar bem chato pra uma fase.

— É Lavers Hill — a Sam disse.

— É o quê?

— Lavers Hill. É a cidade natal do cara que criou o *Mundo SuperBot*. Ele sempre coloca essa cidade nos jogos dele.

— E imagino que isso fique em outro país... — o Mark disse.

— Com certeza.

— Muito bom. — O Mark recostou-se na cadeira. — Então em vez de ir pra lua, precisamos só sair do país.

— Acho que não — eu disse. — Olha lá, são só campos e fazendas. Se os robôs acharem algo assim aqui por perto vão construir a fase por aqui.

— Estamos em um estado que só tem campos e fazendas — disse o Mark.

Eu não iria perder a esperança ainda.

— Eles parecem deixar as fases uma perto da outra. A gente pode tentar descobrir onde eles estão construindo as outras fases e mapear o caminho.

Sem mais escolhas, o Mark foi escondido até a garagem e voltou alguns minutos depois com um mapa de papel bem grande.

— Meu pai sempre guardava um mapa no carro — ele explicou. Ele então olhou para a Sam e corrigiu o que disse: — Quer dizer, ele sempre *guarda* um mapa no carro.

O Mark desdobrou o mapa sobre a mesa e ficou estudando por uns instantes.

— Certo, a Bionosoft fica aqui. — Ele desenhou um círculo no mapa. — A fábrica de papel fica aqui. — Ele desenhou outro círculo. — Agora vamos encontrar a fase quatro. — Ele colocou outro vídeo do Garoto Bugado, que mostrava o herói-robô lançando um aerobarco propulsado por um foguete na primeira subida de uma montanha-russa.

— Parque dos Baixinhos? — eu chutei.

O Mark circulou o parque no mapa.

A Sam ficou indignada.

— Um parque temático só para pessoas pequenas? Qual é o problema com esse país?

— Não esse tipo de baixinho — eu disse. *Baixinho* quer dizer criança por aqui. É só um parque de diversões para crianças pequenas.

A Sam já não estava mais prestando atenção quando eu terminei de explicar, então é bem possível que ela continue achando que temos vários parques de diversões onde só entram pessoas baixinhas. Ela já tinha passado para o vídeo da fase seguinte.

— Parece um tema de piratas, não parece? — ela disse.

Eu concordei com a cabeça.

— O Parque dos Baixinhos fica do lado do Lago Erie, faria sentido essa fase estar lá.

Às três da manhã, já tínhamos circulado todos os locais de todas as fases do jogo e traçado uma linha conectando todas elas. A Sam deu um passo para trás, ficou olhando para o mapa por um momento e então disse o que todos nós estávamos pensando:

— Pois é, parece um montão de coisa nenhuma.

— Ah, ele meio que segue um padrão — eu apontei. — Tipo uma espiral, ou um risco ou um... troço.

— Seja o que for, vai dar no meio do nada — o Mark disse.

— Vamos ver uma imagem de satélite do lugar desta última fase — eu disse.

Foi o que Mark fez. E só havia fazendas para todos os lados.

— Eita! — eu disse. E então notei alguma coisa. — Dá um *zoom* naquela estrada.

As construções ficaram mais nítidas e começaram a aparecer os nomes dos comércios ao redor. Agropecuária Holmes. Açougue Yoder. Cozinha da Quinta do Alemão.

— Eu conheço esse lugar! — eu disse animado. — É a Terra dos Colonos!

A Sam olhou para mim com uma cara estranha.

— Terra dos colonos! — eu repeti. — Vocês não têm isso no seu país?

— É mais um lugar para pessoas pequenas?

— Esses colonos não acreditam em eletricidade, então muitos deles trabalham nas fazendas e fazem objetos de madeira, vendem tortas e coisas assim. Enfim, a parte mais importante é que se os robôs estão construindo um foguete gigante nesse lugar, vai dar para ver a quilômetros de distância!

— Só tem um problema — o Mark disse. — Olha aqui.

Ele traçou a rota a pé da casa dele até a Terra dos Colonos: 22 horas e 15 minutos. Ficamos olhando para aquele número em silêncio por alguns instantes. Então eu voltei para o vídeo da montanha-russa movida a foguete. Uma ideia começou a se formar na minha cabeça.

— Estamos jogando segundo as regras dos robôs esse tempo todo, não é? — eu perguntei.

A Sam e o Mark deram de ombros.

— Acho que é hora de criarmos nossas próprias regras.

CAPÍTULO 17

Parque dos Baixinhos

Depois de meia hora assistindo a vídeos, fazendo planos e arrumando tudo, estávamos prontos. O Mark desligou o computador e tirou a caixa de cima do Roger.

— Vamos lá, amiguinho. Vamos precisar de você.

Bip, o Roger respondeu, usando o volume mais baixo.

Antes que o Mark conseguisse levantar da cadeira, a Sam colocou a mão no ombro dele.

— Mark — ela disse.

Mas foi tudo que ela conseguiu dizer antes de o Mark interrompê-la:

— Olha, eu sei que você vai dizer que eu preciso ficar. E, acredite, não tem nada que eu queira mais do que subir para o meu quarto, deitar de boas na minha cama e amanhã comer no café da manhã as panquecas de banana com pedacinhos de chocolate que minha mãe faz. Mas não podemos fazer isso. Você não fez isso quando pôde, o Jesse também não, e com certeza o Eric também não. Nós ficamos juntos e nos ajudamos, não importa o que aconteça. Então, se tiver qualquer chance de eu conseguir ajudar o Eric, não tem nada que você possa falar que vai me impedir. Entendeu?

A Sam ficou encarando o Mark por um segundo antes de finalmente terminar a frase que começou:

— Eu só ia dizer para você lembrar de trazer o mapa.

O rosto do Mark ficou vermelho.

— Ah, entendi.

Ele enfiou o mapa na mochila e nos acompanhou até a garagem. Nós nos esprememos para passar ao lado de uma minivan e pegamos as bicicletas. A Sam pegou a bicicleta da mãe do Mark, o Mark pegou a própria bicicleta e, como eu não conseguia andar, subi no guidão da bicicleta do Mark. Pedalamos em silêncio pela cidade até o Parque dos Baixinhos aparecer à nossa frente. Na verdade, eu deveria chamá-lo só de Parque, porque o lugar não parecia nada infantil. De uma hora pra outra, os robôs transformaram o carrossel bonitinho numa máquina mortífera giratória. Os trilhos dos trenzinhos que davam a volta no parque agora tinham sido levados para baixo da terra e certamente robôs terríveis esperavam por lá. E a minimontanha-russa, que era um brinquedo bem decepcionante até mesmo quando eu tinha seis anos de idade, agora tinha uma subida de quase cinquenta metros.

Deixamos nossas bicicletas ao lado do portão de entrada e colocamos nosso plano em ação.

— Não estrague tudo, Roger — a Sam disse.

Bip-bip!

O Roger entrou voando no parque enquanto nós dávamos uma volta ao redor da montanha-russa. Esperamos até ouvir o

Roger começar a distração (ficar assoviando sem parar "Meu pintinho amarelinho" do jeito mais irritante possível) para então pular a cerca. Bom, tecnicamente, a Sam e o Mark pularam a cerca. Eu tentei pular duas vezes até que a Sam rasgou a cerca com a sua mão de metal. Nós três nos apertamos no carrinho da montanha-russa e abaixamos os cintos de segurança. O Mark virou uma chave, estralou os dedos e se virou para nós sorrindo. Então ele deu uma leve pisadinha no acelerador.

UUUUUUUUUUUUUF!

Aquela leve pisadinha nos fez disparar a 150 quilômetros por hora em dois segundos. Subimos com tudo até o topo da colina e fomos lançados ao céu, no meio da noite.

— AHHHHHH!

Eu gritei, não só porque sair voando dos trilhos de uma montanha-russa seja o meu pior pesadelo, mas também porque eu tinha acabado de assistir um dragão-robô pegar o personagem do Garoto Bugado em pleno voo e levá-lo até a divertida casa de terror, bem naquele momento do jogo.

UUUUUUUUUUSH!

O dragão-robô chegou meio segundo depois e passou voando ao lado do nosso carrinho. Ele guinchou e balançou a cabeça olhando para nós, provavelmente tentando se livrar do *drone* irritante que ficava assoviando e atrapalhando sua visão. Assim que o dragão passou por nós, Roger veio em zigue-zague até o nosso carrinho.

— Bom trabalho! — o Mark gritou.

Bipbipbipbip-bip-boooooop!

DUM!

Fomos parar no chão e seguimos na direção do portão de entrada do Parque dos Baixinhos.

— SQUIIIIIIIIIIIC!

O dragão-robô tombou no chão atrás de nós e cuspiu fogo para o nosso lado. O Mark desviou do jato, pisou no acelerador e se mandou para fora do parque mais rápido do que um piloto de Fórmula 1. Décadas pilotando o tanque de travessia do *Potência Máxima* tinham dado ao Mark reflexos quase sobre-humanos no volante e ele precisava de cada milímetro daquela habilidade para pilotar pelas ruas residenciais sinuosas do lado de fora do Parque dos Baixinhos. Se os caras de terno ainda não soubessem dos outros robôs, em pouco tempo eles descobririam, pois um dragão metálico caçando um carrinho a toda velocidade não é o tipo de coisa que se vê na rua todos os dias. O Mark seguiu o caminho que tínhamos planejado no porão da casa dele e fomos parar no Parque Aquático de Colúmbia em menos de um minuto. Ele passou voando pelo parquinho e pousamos no cais.

Quando chegamos à água, a Sam virou para nós.

— Acho que despistamos o dragão.

— SQUIIIIIIIIIIC!

O dragão veio descendo a toda velocidade e um cuspe de fogo iluminou o lago. Mark puxou o volante para a direita, levantando um jato d'água enorme. O dragão subiu de novo e ficou nos perseguindo do alto enquanto saltávamos pelo Lago Erie.

— SQUIIIIII...

BUM!

Uma bomba de canhão interrompeu o guinchado do dragão.

BUMBUMBUMBUM!

O Mark se abaixou para desviar das bombas de canhão que caíam espirrando água à nossa volta. Fomos nos aproximando da sombra de um enorme navio pirata. De repente — UUUUUUUSH! — o dragão caiu morto na água, bem atrás de nós, fazendo uma onda enorme que nos lançou para cima do deque do navio.

— Tá aqui! — a Sam gritou, apontando para o mastro. O Mark foi dirigindo na direção de um cubo luminoso, passando por um exército de esqueletos de robôs-piratas.

— Esse é seu, Jesse! — a Sam disse.

Enquanto passávamos ao lado do cubo, eu estendi a mão o suficiente para alcançar o botão que ficava na parte de cima.

ZZZZZZING!

O cubo se transformou em um milhão de peças de metal que deslizaram pelo meu corpo e se uniram de novo formando pernas robóticas. Eu girei meu tornozelo direito, fazendo um círculo.

— Tá funcionando! — eu exclamei.

— Muito bom! — o Mark gritou, ao sair voando da prancha de trás do navio. Percorremos a costa acelerando para chegar à outra fase: o único safári de carro do estado de Ohio. O Mark deu um susto em um leão-robô ao entrar dirigindo na toca dele. Ele agarrou um cubo de poder que deu a ele uma mão detonadora igual a mão do Homem de Ferro e depois disparou com o carrinho, que passou por um bando de leões de verdade tão rápido que eles nem puderam reagir. Enquanto saíamos do safári, uma girafa de metal começou a galopar atrás de nós, esticando a cabeça com um pescoço tipo o do Inspetor Bugiganga. O Mark virou para disparar com o seu novo detonador, mas a Sam deu um soco na girafa com o punho de metal antes.

— Olha pra frente! — ela gritou.

Seguimos até o *resort* de esqui Trilhas de Neve. A estação de esqui não tinha os mesmos cumes nevados majestosos da fase da neve do jogo do videogame, mas os robôs tinham conseguido criar uma quantidade impressionante de neve falsa para o começo da primavera. Mark acelerou para subir uma encosta e desviou de um abominável monstro das neves, para que a Sam conseguisse pegar um dos poderes mais chatos do jogo: uma bateria portátil. Com aquela última peça do quebra-cabeças, pegamos a saída para a estrada I-77 e fomos na direção da Terra dos Colonos. Como havia pouquíssimos carros na estrada às cinco da manhã, o Mark conseguiu pisar com tudo no acelerador.

Depois de costurar no trânsito por alguns minutos a uma velocidade impressionante, ouvimos uma sirene de polícia disparar atrás de nós. Eu encolhi os ombros. Aquele era o meu medo. Eu não imaginei que a polícia seria muito legal com um garoto de doze anos, sem carteira de motorista, dirigindo a 150 quilômetros por hora.

— Acelera, eles não vão conseguir nos alcançar — a Sam disse.

— Isso não é o que fazemos no nosso país! — eu respondi, um tantinho mais incomodado do que a Sam parecia estar por causa da perseguição policial em alta velocidade.

— A gente devia pelo menos falar com eles, né? Talvez eles possam nos ajudar! Talvez...

Minha voz falhou quando eu vi o carro de polícia chegar mais perto de nós. Estávamos a uma velocidade impossível de manter sem auxílio de um foguete. Quando é que a polícia rodoviária tinha começado a usar carros a jato? Como que para responder a minha pergunta, uma cabeça apareceu na janela do passageiro. As luzes vermelhas e azuis iluminaram as roupas do sujeito e mesmo naquela escuridão de antes do amanhecer, eu consegui ver que ele não estava usando um uniforme policial.

Ele estava usando um terno.

CAPÍTULO 18

Goliatron

O cara de terno pendurado para fora da janela sacou um negócio comprido que parecia um rifle.

CREC!

Era um rifle mesmo.

— Vira aqui pra sair da estrada! — a Sam gritou.

O Mark virou com tudo para a direita, indo parar em uma plantação de milho.

TCHEC-TCHEC-TCHEC-TCHEC.

Nós todos cobrimos o rosto enquanto o aerobarco abria caminho pelos pés de milho. Depois de alguns segundos dirigindo sem enxergar nada, as batidas pararam e vimos que tínhamos ido parar em um campo vazio. Quer dizer, quase vazio.

— UMA VACA! — a Sam gritou.

O Mark puxou o volante para a direita para desviar de uma vaca.

— UMA OVELHA!

O Mark costurou para a esquerda para desviar da ovelha.

— UM PATO!

—ONDE? — o Mark gritou. — NÃO TÔ VENDO...

A Sam puxou o Mark para baixo junto com ela ao se jogar no chão de repente, um milésimo de segundo antes de passarmos por baixo da lâmina de uma debulhadora.

Mas o Mark se ergueu bem a tempo de ver a cerca na nossa frente.

— Opa! — Ele puxou o volante, mas já era tarde demais. Nós nos chocamos contra a cerca a cem quilômetros por hora. A cerca foi arrancada do poste e se enrolou toda em nós, fazendo a gente sair saltitando pelo campo. Eu apertei os olhos e me segurei no cinto de segurança até que rolamos e acabamos parando.

Quando tudo se acalmou, abri os olhos devagar e vi o Mark com as mãos na cabeça.

— Você tá bem? — eu perguntei.

— Sim — ele disse. — Mas como vamos encontrar o Eric agora?

— Olha pra cima.

Do outro lado do campo, vimos, diante do sol nascente, o perfil de um foguete de 50 metros de altura. Dezenas de robôs corriam para cima e para baixo em uma escada em formato de andaime que chegava até o cone do foguete. E parado do lado da escada, quase do mesmo tamanho do foguete, estava o Goliatron.

Glup.

De todas as criaturas assustadoras dos jogos de videogame que eu tinha visto nas últimas 24 horas, nada era mais assustador do que o chefão de Lavers Hill. Eu sabia que ele estava por vir por causa do vídeo do Garoto Bugado, mas pessoalmente:

caraca. Enquanto eu olhava fixamente para o robô, a Sam pulou para fora do carrinho e começou a correr para esquerda.

— Você tá vendo?! — o Mark gritou para a Sam.

— Deve estar perto do celeiro — ela disse sem olhar para trás.

O Mark deu uns passos na direção do celeiro antes de perceber que eu não tinha saído do carrinho. Ele voltou correndo e me segurou pelo ombro.

— Jesse — ele olhou bem nos meus olhos. — Você vai conseguir, tá bom? Lembre-se: distrair e ganhar tempo. — Ele me deu um tapinha no ombro e correu na direção da Sam.

"Distrair e ganhar tempo" parecia mais fácil quando estávamos em segurança na casa do Mark do que diante de um robô do tamanho de um prédio de doze andares cujo único objetivo era me socar. O Goliatron viu o Mark primeiro e começou a andar na direção dele. Aquilo me fez partir para a ação.

— Ei! — eu gritei. O robô virou e me encarou. — Vem cá! — eu disse, tentando parecer valentão. — Vamos sair na porrada!

Vamos sair na porrada? Eu era péssimo em conversinha de videogame.

O Goliatron bateu as mãos cerradas uma na outra algumas vezes, como fazem os lutadores de boxe, e começou a vir com seus passos pesados na minha direção. Eu olhei em volta em pânico. Onde estava o Roger? Ele deveria ser o meu parceiro nessa coisa de distrair e ganhar tempo. *Ding*! Alguma coisa acertou a nuca do Goliatron. Ele parou, chacoalhou a cabeça e continuou vindo na minha direção. *Dingdingding!* Era o Roger! O dronezinho estava lutando contra um robô cem vezes maior que ele, batendo sem parar na parte de trás da cabeça dele. O Goliatron virou para tentar encontrar o que o estava distraindo, o que me deu tempo suficiente para lançar o bumerangue.

Clec!

Bateu bem no peito dele. Claro que não foi suficiente para machucá-lo, mas chamou a atenção dele de novo para mim.

Ding!

O Roger bateu nele de novo.

Clec!

E depois eu. Já nervoso, eu olhei para o celeiro. Aquilo não podia durar muito tempo.

— Como estão as coisas por aí? — eu gritei.

— Encontramos! — O Mark pegou o cubo de poder que ele e a Sam estavam tentando achar.

Ding!

O Mark correu na direção do foguete, colocando o cubo na mochila, com cuidado para não apertar o botão.

— Você está indo superbem!

Clec!

— Aqui está quase pronto também! — a Sam gritou.

Clec!

— Não para agora! — ela disse.

TÓING!

Aquele "TÓING" não era meu nem do Roger. Era o Goliatron, que tinha conseguido agarrar o Roger no ar. O Roger capotou e caiu de uma altura de doze andares.

— ROGER! NÃÃÃÃÃÃÃÃO! — eu gritei.

CREC!

O Roger partiu ao meio ao cair no chão. Ele quicou mais algumas vezes, deixando uma trilha de pedaços de plástico quebrado para trás.

Eu olhei chocado para o meu amiguinho. O Goliatron então focou em mim, com os olhos vermelhos acesos. Eu recuei. Ele começou a marchar concentrado na minha direção e o chão tremia a cada passo que ele dava.

— Sam? — eu gritei olhando para trás. — Preparada?!

Sem resposta. O robô foi chegando mais perto.

— Sam?!

Eu lancei o bumerangue mais uma vez. O Goliatron nem ligou. Cada passo dele, agora, fazia o chão tremer tanto que eu mal conseguia me mexer.

— SAM?!

— VOCÊ AÍ, SEU ABESTADO! — finalmente, a Sam gritou.

Eu e o Goliatron viramos na direção da Sam. Ela tinha conectado o notebook e o projetor da casa do Mark à bateria que pegamos no *resort* de esqui.

— Dá uma olhada nisso! — Ela apertou um botão do teclado e, de repente, o vídeo do Garoto Bugado em Lavers Hill começou a ser projetado no celeiro. O robô inclinou a cabeça para o lado sem entender nada. A Sam apertou o *play* e o Goliatron ficou olhando para o personagem dele no jogo. Eu fiquei observando atentamente a sua reação. Se aquilo não funcionasse, era o nosso fim. Nós não tínhamos um plano B.

O Goliatron ficou olhando por alguns segundos. Vamos, vamos, vamos. E então eu percebi que a mão dele começou a tremer. Vi que ele estava tentando voltar ao ataque, mas alguma coisa naquele vídeo o impedia de se afastar.

— Som na caixa! — eu gritei.

A Sam ligou o som na hora em que o vídeo do Goliatron emitia um estrondo ensurdecedor. Quando o Goliatron de verdade ouviu aquilo, começou a fazer aquele som de robô morrendo que o Roger fez quando se viu no vídeo.

— Mais alto!

A Sam aumentou o volume no máximo. O Goliatron tropeçou para trás e dava para ver que ele estava tremendo todo. Suas pernas falharam e depois ele começou a girar a cabeça. Como o Roger, o microchip do cérebro dele não parecia conseguir processar a própria imagem no videogame. E, então, do nada...

BUM!

Ele explodiu. Eu me encolhi no chão para me proteger dos milhões de estilhaços de metal que choveram no campo. Quando aquilo finalmente acabou, eu olhei em volta. Como o Goliatron tinha desaparecido, todos os outros robôs estavam fazendo uma fila em linha reta para entrar no foguete. Prontos ou não, lá iam eles.

Eu olhei para o andaime e vi que o Mark estava na metade da subida. Ele parecia o próprio Homem de Ferro com aquela mão, detonando, socando e abrindo caminho por um bando de vilões. Eu olhei para o topo da escada e vi a porta aberta no cone. Tínhamos ido até ali imaginando que o Eric estaria dentro daquela porta, mas e se ele não estivesse? E se ele já estivesse...

Uma cabeça apareceu para espiar pela porta por um segundo antes de ser puxada de volta para dentro.

— ERIC! — eu gritei.

A cabeça apareceu de novo.

— Jesse? — Eric gritou antes de ser puxado para dentro. Ele foi se debatendo até a porta de novo. — Você viu o monstro-robô lá fora?! É ENOR... — Mais um puxão. Ele reapareceu um segundo depois. — E os piratas-robôs? Você sabia que tem uns piratas-robôs?

— Eric, fica tranquilo, a gente vai...

Puxão. Eu esperei até ele vir até a porta.

— O Mark está indo pegar...

O Eric me interrompeu.

— O Mark está aqui?! Vocês deviam vir dar uma olhada nesse foguete! É incrível!

— Ele tá indo pra lua! — eu gritei.

O Eric se livrou de mais um robô que estava se agarrando nele.

— O quê?

— TÁ INDO PRA LUA!

Isso era uma novidade para o Eric. Ele começou a entrar em pânico.

— EU NÃO POSSO IR MORAR NA LUA!

— O Mark tá quase aí!

Àquela altura, o Mark estava a um lanço de escadas do Eric. Ele tirou o cubo do poder da mochila e colocou o dedo em cima do botão. Aquele poder especial era um balão de ar quente superblindado que, teoricamente, serviria para fazer a gente ficar cara a cara com o Goliatron, para conseguir bater no ponto fraco na testa dele. Segundo o plano, o Mark apertaria o botão quando chegasse até o Eric, o puxaria para dentro do balão e pousaria em segurança no momento de decolagem do foguete. Não era um plano bem bolado, já que nenhum de nós sabia, por exemplo, como voar num balão de ar quente. Mas era o melhor que dava para fazer às três da manhã.

— Eric! — o Mark disse, correndo pelo último lanço de escadas. — Quando eu apertar o botão...

CABUM!

Uma explosão chacoalhou o andaime, derrubando o Mark e fazendo com que ele deixasse o cubo de poder cair para o lado. Ouvi um clique à minha direita, olhei na direção do barulho e vi um cara de terno parado do lado do carro de polícia superturbinado que tínhamos visto mais cedo. Ele mirou o disparador de foguete e atirou de novo.

CABUM!

Aquele último explodiu quase no mesmo lugar do primeiro. Todo o andaime rugiu, inclinou, rugiu mais um pouco e, por fim, tombou, levando o Mark junto.

CAPÍTULO 19

O foguete

Antes mesmo de eu conseguir processar o que tinha acabado de acontecer, minhas pernas começaram a se mexer. Eu estava a pelo menos sessenta metros de distância do foguete (longe demais para fazer qualquer coisa além de gritar), mas corri mesmo assim. E quando dei o primeiro passo, eu tomei um susto. Eu estava rápido. Muito rápido. Tipo da velocidade de um super-herói. Eu dei um impulso com uma das minhas pernas robóticas e fui lançado três metros pra frente. Dei outro passo e saltei mais seis metros. Corri na direção do foguete com todas as minhas forças. Geralmente nos filmes essas cenas acontecem em câmera lenta, como se o herói estivesse indo tão rápido que tudo ao redor parecesse parar.

Teria sido bom se fosse assim.

Mas não, o tempo acelerou. Eu cheguei ao foguete em menos de dois segundos e — adivinha — dois segundos não é tempo suficiente para bolar um plano. Sem um plano, eu cobri minha cabeça para me proteger de todo o metal que despencava em volta de mim.

PANC!

O cubo que o Mark tinha derrubado caiu bem no meu pé. Eu apertei o botão e na mesma hora ele se transformou em um balão de ar quente gigantesco. Eu pulei na cesta e me encolhi enquanto a quebradeira continuava. Foi aí que o tempo começou a passar mais devagar. A cada barulhinho e a cada batida, parecia que aquilo ia atingir o meu balão e me arremessar no chão. Por fim, ouvi uma última pancada enorme e tudo parou.

Depois de alguns segundos de silêncio, ouvi uma agitação que vinha de cima. Coloquei minha cabeça para fora.

— Mark? — Um braço se pendurou na borda do balão quase murcho. — Mark! — O braço voltou. Eu desci da cesta o mais rápido que pude e olhei para cima. O andaime tinha caído, todo amassado, em cima do balão. Havia peças de robô espalhadas por todos os lados.

PLOP.

Alguma coisa saiu rolando do balão. Eu corri de um lado para o outro para investigar.

— Mark! — eu gritei quando o vi deitado no chão. — Você tá bem?

Ele virou o rosto para mim. O rosto dele estava completamente preto por causa da explosão e a mão de Homem de Ferro parecia meio derretida.

— Escuta, Jesse. Eles vão... — Ele se esforçou para conseguir levantar. — Eles vão...

Naquele momento, uma mão agarrou minha camiseta por trás.

— Corra! — eu gritei.

Mas o Mark não conseguiu correr, porque outro cara de terno também o segurou. Ele lutou para tentar se livrar. E mesmo tendo quase morrido em uma explosão e em uma queda da altura de um prédio de quinze andares, ele chutava, se debatia e lutava com uma força que eu nunca tinha visto antes. Ele conseguiu arrancar o terno das costas do sujeito, mas não mais do que isso. Foi aí que o homem segurou as duas mãos do Mark atrás das costas dele e começou a arrastá-lo pelo campo. O cara de terno que me pegou foi até ele e logo encontramos os outros dois caras de terno que tinham capturado a Sam.

— Você está com o apagador de memória, Doug? — o cara que estava me segurando perguntou para um dos caras que estava com a Sam.

Doug negou com a cabeça.

— Não dá para usar neles — ele disse. — Esse aqui está sumido faz um mês — ele disse, apontando para o Mark.

— Você tá de sacanagem? Então o que vamos fazer com eles?

— Você ainda tem um foguete, não tem? — ele perguntou.

O cara que estava me segurando olhou para o disparador de foguete preso nas costas dele.

— Ah, fala sério, não posso fazer isso — ele disse.

— Ele está sumido há um mês. Você sabe que vão fazer perguntas se ele voltar pra casa, mesmo se estiver sem memória.

— Mas não dá pra fazer nada?

— Ordens são ordens. Agora prenda eles e vamos acabar logo com isso.

Olhei em volta em pânico. A Sam, que costumava ter sempre alguma coisa valente para dizer, tinha despencado em cima do sujeito que a segurava, derrotada.

— Espera! — o Mark disse. — Tem mais um!

— Mais um garoto? — o Doug perguntou. — Nada disso, já pegamos todos.

— Eric. O nome dele é Eric Conrad. Ele não estava em nenhum videogame, por isso não está nos seus registros. Ele ainda está por aí. Se você não acredita em mim, é só perguntar para o senhor Gregory.

Os caras de terno se entreolharam e o Doug deu um passo na direção do Mark.

— Entendi, moleque. Onde ele está?

— Só vou contar se você soltar eles.

O Doug olhou para a cara escura do Mark e para a mão de metal toda retorcida.

— Acho que você não está em condições de negociar.

— Faz logo esse negócio de apagar a memória, ou seja lá o que você tem que fazer, e deixa eles irem embora. Você só precisa se livrar de mim.

— Isso, Doug — um dos caras de terno se intrometeu. — Por que não fazemos exatamente isso?

O Doug respondeu para ele:

— Vocês acham que a chefia está de brincadeira?! — ele gritou. — Se a gente não der um jeito nessa bagunça, nós é que vamos desaparecer! Estão entendendo?

Antes que o outro cara de terno pudesse responder, ele foi interrompido por um estrondo que fez a terra tremer e o coração bater mais forte. Viramos e vimos fumaça saindo do fundo do foguete.

— ESPERA! — eu gritei. — NÃO! PARA TUDO! TEMOS QUE PARAR AQUELE FOGUETE!

Ninguém se mexeu para fazer nada. O barulho ficou mais alto e a fumaça ficou mais densa até que o foguete decolou com o Eric dentro.

CAPÍTULO 20

3, 2, 1...

— NÃO! — eu gritei para o foguete. — ERIC, NÃO! — eu continuei gritando para o foguete até ele desaparecer atrás das nuvens. Então eu desabei no chão e comecei a chorar na frente de todo mundo. Eu tinha perdido meu melhor amigo.

A voz do Doug ficou mais suave:

— Eu sinto muito — ele disse.

Continuei chorando sem olhar para cima.

— Façam logo o que vocês precisam fazer.

Sem dizer uma palavra, um dos caras de terno arranjou uma corda e nos amarrou. Foi rápido, já que nós não tínhamos mais forças para lutar. Quando ele terminou o serviço, juntou todo mundo, com as costas viradas um para o outro.

— Fechem os olhos — o Doug disse, carregando o lançador de foguete. — Logo vai estar tudo acabado.

Eu fechei meus olhos bem apertados.

— 3. 2. 1.

BUM!

Eu senti o calor e a onda do disparo, mas não senti dor nenhuma. Será que ele tinha errado? Eu abri meus olhos e vi os caras de terno correndo para se proteger. Notei então que o carro deles tinha explodido e estava aos pedaços.

— O que foi isso?! Alguém viu de onde veio? — o Doug gritou.

Ninguém teve tempo para responder, porque um carro de polícia vinha a toda velocidade pela estrada naquele momento. Dois oficiais saltaram do carro.

— Soltem as armas! — um deles gritou.

Os caras de terno se olharam, tentando decidir se iriam reagir. Mais três carros de polícia se aproximaram.

— SOLTEM JÁ! — outro homem disse.

Os caras de terno soltaram as armas e colocaram as mãos atrás da cabeça. Os oficiais correram até eles e os algemaram.

— Vocês estão bem, garotos? — um dos oficiais perguntou enquanto nos soltava. Eu não respondi porque estava olhando para o balão de ar quente. Uma das tochas estava soltando fumaça, como se tivesse acabado de ser acesa. Mas como? Naquela hora, uma cabeça apareceu. Não... não podia ser.

— Eric?

— Isso. Foi. INCRÍVEL! — Eric gritou pulando para fora da cesta e correndo na nossa direção. — VOCÊS VIRAM AQUELE CARRO?!

— Por que você demorou tanto para disparar?! — o Mark perguntou. — Ele já estava no 1!

— Eric? — Eu ainda não estava acreditando que meu amigo estava correndo na nossa direção, e não sendo mandado num foguete para a lua.

O Eric chegou perto de nós e começou a ajudar o oficial a desfazer os nós da corda que nos amarrava.

— Você me disse para esperar até o último segundo — ele disse.

— Ele estava no 1! — o Mark repetiu. — Ele iria atirar quando chegasse no 0!

— É! É isso que significa último segundo — o Eric disse.

— Alguém pode me explicar o que está acontecendo?! — eu perguntei.

O Mark e o Eric tiveram que explicar a coisa toda umas três vezes até que eu entendesse. Segundo eles, o Eric tinha visto o balão de ar quente inflar enquanto estava no foguete, decidiu que era sua única chance de escapar, e pulou. Ele e o Mark conseguiram pousar em segurança no balão meio murcho e bolaram um plano juntos. O Mark sairia do balão e se entregaria. Então, quando um cara de terno o pegasse, ele lutaria e se debateria como se estivesse tentando fugir, mas, na verdade, ele tiraria o telefone do cara de terno do bolso dele e jogaria para o Eric, que ainda estaria escondido na parte de cima do balão de ar quente. O Eric ligaria para a polícia, sairia escondido do balão, entraria na cesta e explodiria o carro dos caras de terno para impedir que eles fugissem quando a polícia chegasse.

— Certo, acho que entendi tudo — eu disse. — Mas eu tenho só mais uma pergunta. POR QUE VOCÊ DEMOROU TANTO PARA ATIRAR?!

O Eric tentou explicar o raciocínio de novo, mas acabei me distraindo com a Sam, que tinha batido em mim sem querer enquanto gesticulava loucamente ao falar no telefone.

— Isso, mamãe, Terra dos Colonos — ela disse. — É uma coisa dos gringos aqui. Eu não sei, é tipo Lavers Hill. Sabe Lavers Hill? Olha, com certeza já está na TV uma hora dessas. Olha aí! Tem câmeras por todos os lados aqui.

Ela estava certa. Parecia que todos os jornais do país tinham ido até a Terra dos Colonos e a multidão não parava de aumentar. Todo mundo ficava tentando falar com a gente, mas o oficial da polícia afastou todas as câmeras. Finalmente, um carro preto encostou e um sujeito conhecido, com cabelo de porco-espinho, saiu do banco de trás.

— Senhor Gregory! — eu gritei.

Os policiais se afastaram para deixar o senhor Gregory vir até nós.

— Não acredito! — ele disse com um enorme sorriso. — Vocês conseguiram!

— Você não vai acreditar no que aconteceu! — eu disse. — Tinha um carrinho minerador, uma montanha-russa e um drone chamado Roger… — Minha voz falhou quando me lembrei do Roger.

O senhor Gregory aproveitou a minha pausa para começar a falar:

— Eu tenho uma pergunta muito importante para fazer para vocês agora. — Ele baixou o tom de voz. — Algum de vocês falou alguma coisa sobre a Agência?

Olhamos uns para os outros confusos.

— Agência? — o Mark perguntou.

— É, os caras de terno.

Ficamos ainda mais confusos.

— Acho que não — eu disse.

— Que bom. — O senhor Gregory ficou sério. — Não falem. Confiem em mim.

Antes que conseguíssemos fazer mais perguntas, uma minivan vermelha parou cantando o pneu do lado da ambulância. Era a mesma minivan que tínhamos visto parada na garagem da casa do Mark naquela manhã.

Como o Mark ainda era muito parecido com a gente, nós esquecemos que ele tinha vivido uma vida inteira dentro do videogame. Ele já tinha sido criança, adolescente, adulto e, por fim, um velho. E ele tinha passado todo aquele tempo sonhando com este momento.

Antes mesmo do pai do Mark desligar o carro, a mãe dele já tinha saltado para fora.

— Mark! — ela gritou com lágrimas nos olhos.

O Mark ficou lá sentado, com os pés pendurados para fora da traseira da ambulância e com o maior sorrisão no rosto, curtindo cada detalhe daquele momento. Ele finalmente estava em casa.

CAPÍTULO 21

Dia do Mark II

Passei praticamente cada segundo das duas semanas seguintes com o Eric. Contamos a história muitas e muitas vezes para a polícia, para os repórteres, para nossos amigos e várias vezes para nós mesmos. Nós ficávamos sentados no quarto do Eric e de repente ele sorria e dizia alguma coisa tipo:

— Lembra a cara que você fez quando eu te empurrei da cachoeira?

E eu respondia com alguma coisa como:

— Não, mas eu me lembro de você gritando feito uma criancinha assustada quando aquelas bolas de pelo te cercaram.

— Elas tinham dentes de navalha!

— Não sei, não, elas pareciam bem inofensivas para mim.

Era bom ter meu melhor amigo de volta.

Uma coisa sobre a qual não falamos — com ninguém — foi a "Agência". Por causa do nosso depoimento, e do depoimento do senhor Gregory, a Bionosoft tinha sido fechada de uma vez por todas. Jevvrey Delfino e todos que trabalharam juntos para prender as crianças nos videogames tinham ido para a cadeia e lá ficariam por um bom tempo. Mas ninguém sabia o que fazer com os caras de terno. Eles não abriam a boca, e nós também não. Os quatro que tinham sido capturados estavam presos, mas como todos tinham identidades falsas, a polícia nunca chegou a descobrir quem os tinha contratado.

Passamos semanas nessa sequência de entrevistas, festas e exibições. Mas o meu evento preferido foi o Dia do Mark II, no último dia de aula. Como a nossa escola tinha organizado um "Dia do Mark" quando acharam que ele tinha sumido, decidiram fazer uma coisa especial para comemorar a volta dele. Havia balões, pizzas e discursos feitos por mim, pelo Eric e pela Sam, por videoconferência. Nós a convencemos a imitar o nosso sotaque, o que fez muito sucesso na escola. Quando terminei meu discurso, fui mancando até o meu lugar no palco (só mais uma semana para tirar o gesso! U-hul), e o Mark subiu para falar.

Estávamos preocupados com a reação dele nos primeiros meses de volta ao mundo real, mas tudo estava indo muito bem. Os médicos tinham conseguido tirar a mão de Homem de Ferro e colocaram a mão dele de volta no lugar. Estava novinha em folha. Todos os professores o estavam ajudando a reaprender tudo que ele tinha esquecido no tempo em que ficou no jogo, para que ele conseguisse terminar a sétima série junto com o resto da nossa turma. O estado de Ohio estava até pensando em dar uma carteira de motorista extraordinária para ele, para celebrar a sua famosa corrida de aerobarco. Quando subiu no palco, o Mark acenou, disse algumas frases sobre como estava se sentindo agradecido por todas as coisas boas que todos estavam fazendo por ele e se sentou vinte segundos depois, com o rosto vermelho de vergonha.

A diretora Ortega subiu para encerrar a cerimônia.

— Antes de irmos embora temos mais uma surpresa para os nossos heróis — ela disse sorrindo. E assim ela abriu espaço para o senhor Gregory, que chegou ao palco com uma caixa enorme nas mãos.

O senhor Gregory acenou pra galera e se virou na nossa direção:

— Não há nada que possamos fazer para agradecer vocês, garotos, pela coragem que tiveram. Mas eu estou trabalhando em uma coisa há duas semanas para demonstrar minha gratidão. Podemos colocar a Sam de volta, por favor?

A Sam apareceu mais uma vez no telão atrás do senhor Gregory.

— O que é isso? — ela perguntou.

— Você deve ter recebido um pacote pelos correios hoje — o senhor Gregory disse. — Quero que você abra ao mesmo tempo que nós vamos abrir o nosso aqui no palco, tudo bem?

— Certo...

— Três, dois, um!

Bip-bip-boooooooooooooop!

O Roger saiu voando da caixa e fez um giro triplo no ar. Ao mesmo tempo, um Roger idêntico saiu voando da caixa da Sam.

— NÃÃÃÃÃÃÃÃÃÃÃÃO! — ela gritou.

— Conheçam o Roger original, reconstruído com 82% de peças originais — o senhor Gregory disse, apontando para o Roger no palco. E depois virou para a Sam. — E este é o Roger II, uma réplica perfeita do amigo-robô preferido de todas as crianças.

— NÃÃÃÃÃÃÃÃÃÃÃÃO! — ela continuou.

Eu pulei da cadeira.

— Não acredito! — O Roger deu uma volta e fez um "toca aqui" comigo.

— E por hoje é só, pessoal — a diretora Ortega disse. — Se cuidem nas férias!

Eu, o Mark e o Eric nos reunimos em volta do senhor Gregory e ficamos lhe agradecendo várias e várias vezes, enquanto o Roger voava a nossa volta, assoviando alegremente. Num certo momento da comemoração, percebi que o filho do senhor Gregory, o Charlie, estava parado em pé num canto. Quando olhei para ele, ele fez um sinal para eu ir até onde estava. Eu pedi licença para o meu grupo.

— O que foi? — eu perguntei.

Charlie olhou em volta e caminhou em silêncio até o vestiário. Eu o segui. Dentro do vestiário, ele verificou cada canto e cada fresta e depois ligou os chuveiros.

— O que você está fazendo? — eu perguntei.

Ele fez um gesto para eu ficar quieto, enquanto ligava outros dois chuveiros. Por fim, ele chegou bem perto.

— Estou fazendo barulhos, caso eles tenham algum dispositivo de escuta por aqui. Vi isso na TV uma vez.

— Dispositivo de escuta? Quem teria um dispositivo de escuta?!

Charlie ignorou a pergunta.

— Você percebeu alguma coisa estranha no meu pai ultimamente?

— Estranha? Tipo o quê? Eu não via ele desde a coisa toda com os robôs.

— Não sei. Estranha. Alguma coisa fora do comum.

Não entendi o que o Charlie estava tentando me perguntar.

— Charlie, eu mal conheço o seu pai. Ele nos ajudou a resgatar o Mark, mas, para ser sincero, ele já era meio esquisito — eu disse sorrindo.

— É que... desde que aconteceu a coisa toda com os robôs, ele tem agido de forma muito esquisita. Tá bom, eu sei que isso vai parecer idiota, mas o meu pai nunca acertou o meu nome de primeira. Os nomes de todos os meus irmãos e irmãs começam com "ch", então ele sempre diz todos os nomes antes de acertar o meu: "Cheyenne, Charity, Christian, Charlie". Sempre. E às vezes até o nome do cachorro ele fala antes. Mas desde a coisa com os robôs, ele acerta o meu nome de primeira. Ele não se confundiu nenhuma vez.

O Charlie parou para me dar tempo de digerir aquilo tudo. Eu olhei em volta.

— Ahm, então você acha que tem alguma coisa errada com o seu pai porque ele sabe o seu nome?

O Charlie suspirou.

— Eu sei que parece bobagem.

— Charlie, seu pai ficou escondido por duas semanas — eu disse. — Você não está feliz por ele estar de volta?

— Eu não sei se ele está de volta — o Charlie deixou escapar.

— Charlie...

— Eu não sei se ele está de volta. Ele faz um monte

de coisas esquisitas, tipo ir dormir todos os dias na mesma hora. EXATAMENTE na mesma hora, no mesmo segundo — 10h47min32 — mesmo quando eu tento enrolar ele com alguma coisa! Eu já marquei em vários relógios diferentes.

— Charlie...

— E ele não para de me perguntar de você. O tempo todo. E ele não pergunta se você está bem, ele quer saber sobre o que você fala. E aí quando eu tento conversar com ele, às vezes ele fica olhando para a frente, com o olhar perdido, como se não estivesse escutando, mas depois ele consegue repetir todas as palavras que eu disse.

— Charlie...

— Mas ainda tem o pior. — O Charlie olhou para os dois lados e mostrou um disco parecido com um *frisbee*, ligado a um fio e um conector. — Eu entrei escondido no quarto dos meus pais e encontrei isso debaixo do colchão. Você sabe o que é isso?

Eu suspirei e encolhi os ombros.

— O que é?

— Um carregador de bateria sem fio. Tipo de celular.

— Ceeeeeeerto.

— Mas é grande demais para um celular. Então eu desmontei e procurei o nome do fabricante. É de uma empresa nova que fabrica androides.

— Androide é tipo um robô?

— Um robô bem parecido com uma pessoa.

— O que você tá querendo dizer? — eu perguntei.

O Charlie já estava falando baixinho, mas as duas frases que ele disse em seguida foram quase num sussurro:

— Eu acho que esse não é o meu pai. Acho que ele é um robô.

SOBRE OS AUTORES

DUSTIN BRADY

Dustin Brady vive em Cleveland, Ohio, com a esposa, Deserae, seu cachorro, Nugget, e os filhos. Ele passou boa parte da vida perdendo no *Super Smash Bros.* para o irmão Jesse e para o amigo Eric. Você pode descobrir os próximos projetos dele em dustinbradybooks.com ou mandando um e-mail pelo endereço dustin@dustinbradybooks.com.

JESSE BRADY

Jesse Brady é ilustrador e animador profissional, vive em Pensacola, na Flórida. Sua esposa, April, também é uma ilustradora incrível! Quando criança, Jesse adorava fazer desenhos dos seus jogos de videogame preferidos e passou muito tempo detonando o irmão, Dustin, no *Super Smash Bros.* Você pode ver alguns dos melhores trabalhos do Jesse no site www.jessebradyart.com, e pode mandar um e-mail para ele pelo endereço jessebradyart@gmail.com.

EXPLORE MAIS

Uma das primeiras coisas que você vai notar ao começar a programar é que computadores não são inteligentes, mas eles têm ótima memória. Por exemplo, um computador jamais aprenderia a fazer um sanduíche de geleia com manteiga de amendoim sozinho. Mas quando você ensina um computador a fazer esse sanduíche, ele nunca mais esquece.

Como computadores têm excelente memória, os programadores usam atalhos, chamados de **"funções"**, para ensinar uma tarefa uma única vez e depois repetir várias vezes no código.

A primeira vez que você quiser que um computador faça um sanduíche de geleia com manteiga de amendoim, você vai precisar ensiná-lo a pegar duas fatias de pão, espalhar a manteiga de amendoim em uma fatia, a geleia na outra, e depois juntar as duas fatias. Mas se você quiser que o computador faça um montão de sanduíches iguais a esse depois (não seria uma má ideia!), você pode simplesmente usar uma função para dar um nome a essa tarefa: sanduíche de geleia e manteiga de amendoim. Então, sempre que você digitar "sanduíche de geleia e manteiga de amendoim" no seu código, o computador vai se lembrar de como montar o sanduíche e vai entregar um lanchinho delicioso.

FUNÇÃO SANDUÍCHE DE GELEIA E MANTEIGA DE AMENDOIM

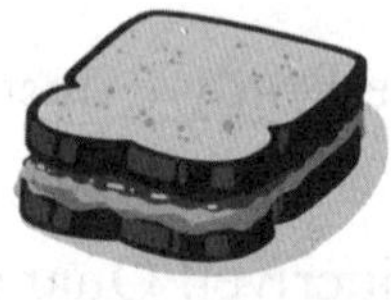

SANDUÍCHE PRONTO

Isso é muito legal, mas a melhor coisa é que você pode treinar funções para fazer várias tarefas diferentes. Por exemplo, em vez de dar o nome da função de sanduíche de geleia e manteiga de amendoim, você pode chamar simplesmente de Sanduíche. Essa função faria então não só sanduíches de geleia e manteiga de amendoim, mas faria também sanduíches de queijo e presunto, sanduíches de salada e aqueles sanduíches horrorosos dos adultos, cheios de azeitonas e mostarda picante.

Você criaria essa função deliciosa dizendo ao computador que um sanduíche é uma combinação de ingredientes colocados no meio de duas fatias de pão. Aí você pode trocar os ingredientes para fazer o sanduíche que quiser. Os programadores chamam os ingredientes de **"parâmetros"**.

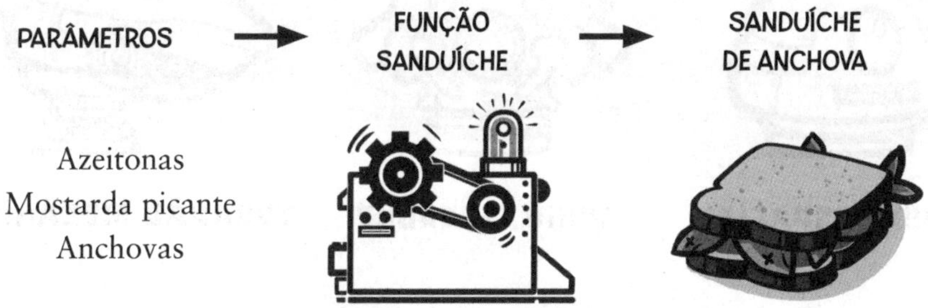

Este livro tem uma função de verdade. Você se lembra qual é? É a fábrica de robôs que o Jesse vê no esgoto. A fábrica montava qualquer tipo de robô, e para isso ela só precisava saber quais peças usar.

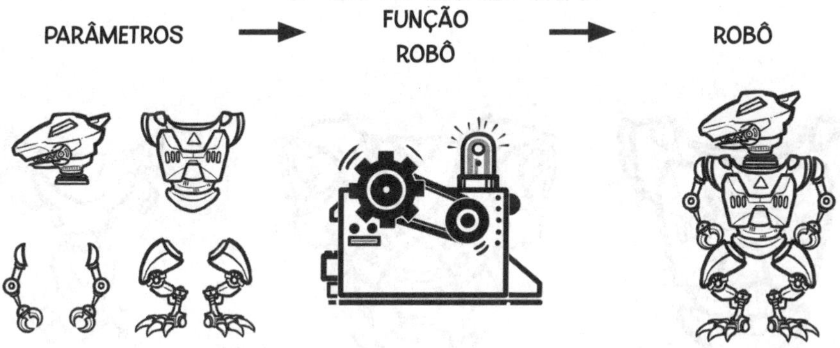

Nesta seção, você usará as funções e parâmetros para montar robôs personalizados. Dê uma olhada nas peças de robôs nas próximas quatro páginas, depois use as funções das últimas duas páginas para montá-los.

CABEÇAS

DROIDE ESPACIAL

GÊNIO CIBORGUE

TUBARÃO MECÂNICO

TRONCOS

TRAJE DE EXPLORAÇÃO

TRAJE DE BATALHA

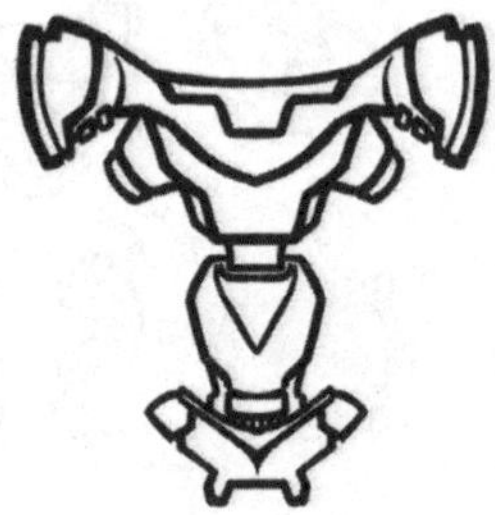

TRAJE DE VELOCIDADE

BRAÇOS

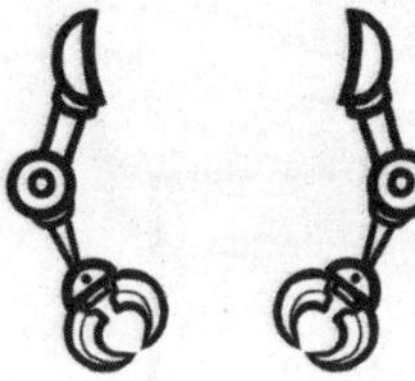

GARRAS DE CONTROLE

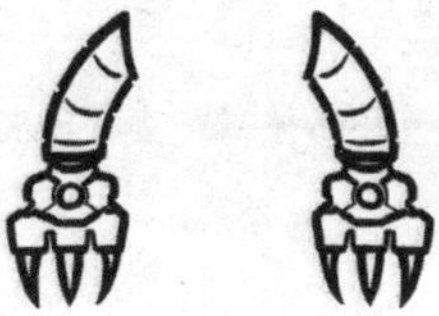

VINGANÇA ROBÓTICA

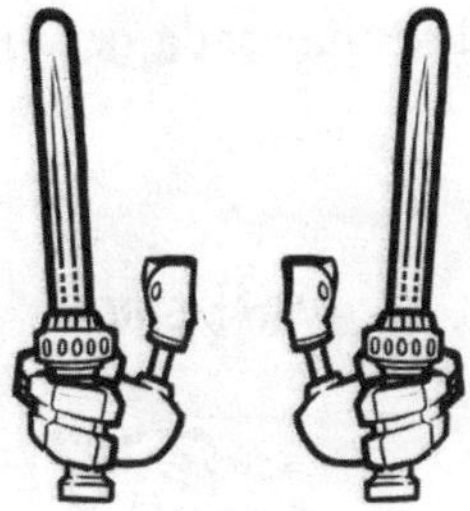

SAMURAI DESTRUIDOR

PERNAS

CHUTE PARA LONGE

AÇO JURÁSSICO

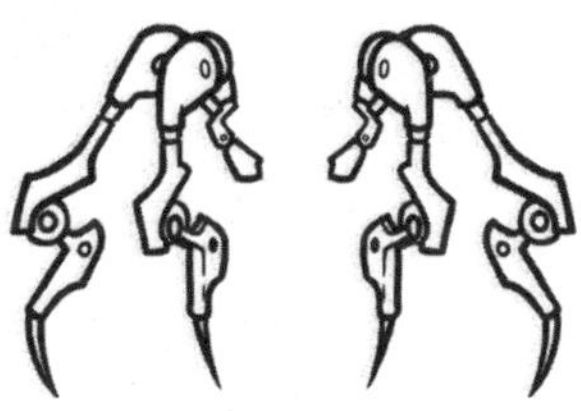

ARANHA CORTADORA

FUNÇÃO FÁBRICA DE ROBÔS

Agora vem a parte divertida! Neste exercício, você será a fábrica de robôs, montando as peças das páginas anteriores para fazer robôs completos. Basta desenhar cada peça do robô listada nos parâmetros anteriores.

PARÂMETROS → **FUNÇÃO ROBÔ**

Tubarão mecânico

Traje de Batalha

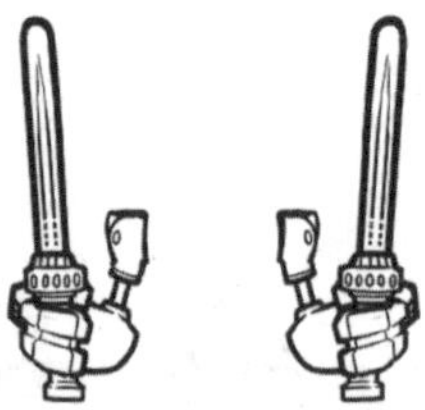

Samurai destruidor

Chute para longe

ROBÔ

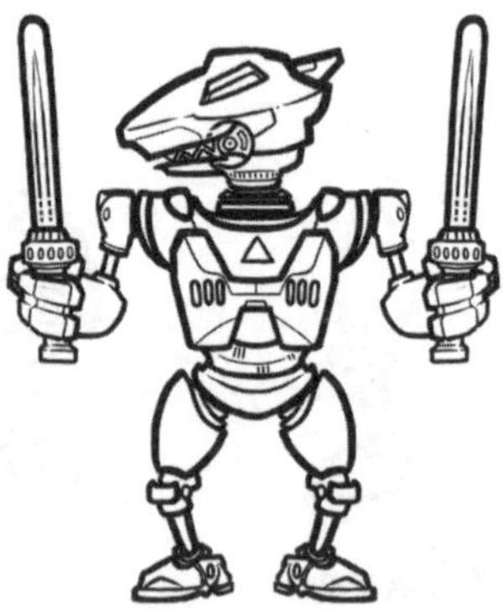

Grande pirata maligno dos mares

PARÂMETROS → FUNÇÃO ROBÔ → ROBÔ

Gênio ciborgue
Traje de velocidade
Vingança robótica
Aranha cortadora

Tarantutron

PARÂMETROS → FUNÇÃO ROBÔ → ROBÔ

Droide espacial
Traje de batalha
Garras de controle
Aço jurássico

Velocibot 3000

PARÂMETROS → FUNÇÃO ROBÔ → ROBÔ

Tubarão mecânico
Traje de exploração
Vingança robótica
Aranha cortadora

Monstro-marinho metálico

ASSINE NOSSA NEWSLETTER E RECEBA INFORMAÇÕES DE TODOS OS LANÇAMENTOS

www.faroeditorial.com.br

FARO EDITORIAL

ESTA OBRA FOI
IMPRESSA EM
DEZEMBRO DE 2025